난향자서전쓰기

강형란 지음

난향 자서전 쓰기

발 행 | 2021년 03월 25일
저 자 | 강형란
펴낸이 | 한건희
펴낸곳 | 주식회사 부크크
출판사등록 | 2014.07.15.(제2014-16호)
주 소 | 서울특별시 금천구 가산디지털1로 119 SK트윈타워 A동 305호
전 화 | 1670-8316
이메일 | info@bookk.co.kr

ISBN | 979-11-372-4060-5

www.bookk.co.kr

난향자서전쓰기

강형란 지음

CONTENT

자서전 쓰기 동기부여 글을 쓰면서

이 세상에는 자신의 삶을 기록으로 남기는 사람과 그렇지 않은 사람이 있습니다. 내가 살아온 인생을 글로 쓴다면 이것이 바로 「나의 삶이자 한 권의 책」 자서전이 됩니다. 자서전은 유명 인사나, 작가가 아니라도 누구나 쓸 수 있습니다. 내 삶 자체가 '나만의 콘텐츠'를 가지고 있기 때문입니다. 또한 「자서전 쓰기는 자신과의 대화」이기도 합니다.

나를 새롭게 발견하고, 과거와 화해도 하고, 현재 내가 서 있는 곳을 인식하게 만들어 줍니다. 남은 인생 동안 '무엇을 남길 것인가?'에 대한 고민을, 자신을 돌아보면서 미래의 꿈을 기획하는 기회를 갖기도 합니다. 이를 바탕으로 새로운 삶의 방향성을 생각하고 추진하는 힘도 얻게 해줍니다.

자신의 삶의 이야기를 기록으로 남기는 일은 쉽지 않을 수도 있습니다. 머릿속에서는 지나온 인생의 수 많은 일과 사건이 맴돌지만, 정작 글로 옮기려고 하면 인생에 대해 정리도 잘 안되서 썼다 지웠다를 반복하게 되는 자신을 발견하게 됩니다.

그렇기에 《난향 자서전 쓰기》에서는 도전한 분들이 중도에 포기하지 않고 한 권의 책으로 탄생할 수 있는 방법을 제시하고 있습니다. 생애주기별로 겪게 되는 일들을 주제별로 정리한 후 기록할 수 있도록 도와드립니다.

이 책은 글을 쓸 때 알아 두어야 할 글쓰기의 방법, 즉 '주어와 서술어가 분명한 문장 쓰기', '앞절과 뒷절이 어울리는 문장 쓰기', '수식어의 사용', '시제 맞추기', '같은 말의 중복 피하기', '문단으로 생각하기' 등 글쓰는 사람들이 부담을 느끼고 어렵게 생각하는 글쓰기 규칙에 대해서는 설명하지 않았습니다.

자서전을 쓰려면 우선 써야겠다는 자신의 의지와 지도하는 강사와의 공감대 형성이 중요합니다. 자기 발견의 가장 중요한 단계라 할 수 있는 자신의 내면을 들여다보는 감성을 일깨워서 무의식 밑바닥에 깊이 가라앉아 있는 두려움, 억압된 감정, 욕구불만이나 콤플렉스 등을 철저하게 파헤쳐 보는 경험을 하도록 하는 동기부여에 우선순위를 두었습니다.

대부분의 사람들이 글쓰기에 대한 두려움을 갖고 있어서, 자신의 생각을 선뜻 글로 옮기지 못하는 경우가 많습니다. 사실 글쓰기란 몇 가지의 규칙만 알면 말하는 것보다 오히려 더 쉬울 수 있습니다. 그러기에 누구나 자서전을 쓸 수 있고, 더욱이 '중년의 위기'를 겪고 있는 이들에게 가장 좋은 심리 치유 방법이라고 할 수 있습니다.

'나만의 이야기'로 세상을 감동시켜라'

　한 페이지, 한 페이지를 읽다 보면 나도 모르게 자서전을 쓰고 싶은 마음이 생기도록 동기부여의 글을 주로 기록했습니다. '시작이 반이다'라는 속담처럼 우선 기억나는 삶의 스토리를 기록하기 시작하면 그 때부터 '나도 작가'가 될 수 있다는 자신감이 생깁니다.

　꼭 당부하고 싶은 말은 글쓰기는 이론으로 완성할 수 없습니다. 반드시 실습인 글쓰기를 해야 합니다. 직접 써보지 않고, 생각하고 이야기만 한다면, 자서전을 완성할 수 없습니다. 곧바로 도전하십시오. 글은 작가들만 쓰는 것이 아니라 누구나 쓸 수 있습니다. 이제부터 글쓰기를 시작하십시오. 이제 당신 차례입니다.

2021년 3월 난향 강형란

1부. 왜 자서전을 써야 할까

1. 왜 자서전을 써야 할까?

자서전은 삶의 이해를 돕는 가장 알기 쉬운 최상의 글쓰기이다. 독일 역사학자 빌헬름 딜타이는 자서전 쓰기는 동서고금을 막론하고 지금까지 자서전을 활발하게 쓰고, 읽히는 이유는 자서전 쓰기가 단순히 자신의 삶을 기록하는 이상의 다양한 글이기 때문이라고 설명한다.

그렇다면 왜 자서전을 써야 할까?

첫째, 자서전을 쓰면 내가 누구인지를 알게 해 준다.

우리는 의외로 '내가 누구인지'를 잘 모르고 살아간다. 내가 누구인가를 아는 것은 철학적인 질문만은 아니다. 아주 현실적인 질문이다. 나의 미래를 설계할 때 가장 중요한 요소는 '나'이다. 그 설계도의 주인공인 내가 누구인지를 알아야 그림을 제대로

그릴 수 있다.

많은 사람이 은퇴 이후 치킨점과 프랜차이즈 음식점을 쉽게 생각하고 창업을 했다가 된서리를 맞은 경우를 많이 본다. 이런 업종은 특별한 기술이 없고 누구나 할 수 있다고 생각해서 은퇴 후 많은 사람이 뛰어들었지만, 막상 창업해 보면 생각과는 다르다는 걸 알 수 있다. 자신이 요식업이나 서비스업에 필요한 적성이 있는지, 내가 할 수 있는 게 무엇인지, 앞으로 어떻게 살아가고 싶은지 등을 알고 나서 결정했다면 실패할 확률이 낮출 수 있다. 설령 어려움이 닥칠지라도 당황하지 않고 차근차근 문제를 해결해 나갈 수 있다. 우리는 무엇을 하든지 먼저 '나'를 아는 것이 가장 중요하다.

둘째, 자서전은 자신과 화해하는 치유의 효과가 있다.

살다 보면 누구나 맘속에 풀지 못한 응어리를 하나둘씩 지니게 된다. 사람들은 흔히 이것을 한이라고 말하기도 한다. 이 한은 열등감과 분노의 원천이 되고 용기와 자신감을 줄어들게 한다. 심하면 마음의 병이 되기도 한다. 이 한을 풀고 싶어도 어린 시절의 상처, 젊은 날 실수의 원인은 지나간 옛날의 사건에서 있었던 경우가 많아서 해결하기가 어려운 문제들이다.

그렇다면 내 마음 깊은 곳의 상처로 인한 한을 어떻게 풀어주어야 하는 것이 숙제로 남아 있다. 우울증을 치료하려고 할 때 중요한 과정 중 하나는 가슴속에 맺혀 있는 사연을 밖으로 꺼내 놓도록 하는 동기부여가 있어야 한다.

환자는 정신과 의사를 만나 살아온 이런저런 이야기를 털어놓기 시작하는 과정에서 자신을 힘들게 했던 응어리를 찾아내서 그 사건이 어디서부터 어떻게 시작되었는지를 발견하게 된다. 그로 인해 어떤 영향을 나에게 미치게 했고, 지금까지 내가 어떤 상태로 살아왔는지를 스스로 깨닫게 된다. 이러한 상담을 통해 자신의 문제를 인지하면서 환자들은 다시 살아갈 힘을 얻는다.

자서전 쓰기는 이런 치료 과정과 같다. 누구에게도 편한 마음으로 속 사정을 말하지 못했던 내 삶의 이야기를 글쓰기라는 도구를 통해 시원하게 털어놓는 기회이기 때문이다. 자신 속에 묻어 두었던 감정을 바깥으로 분출하는 것만으로도 커다란 카타르시스를 느낄 수 있다. 자서전 쓰기는 나를 이해하고 나와 화해하는 최고의 방법이다.

셋째, 자서전은 후손들에게 물려 줄 정신적 유산이다.

가끔 부모님들이 "자식들은 절대로 나처럼 살게 하지 않겠다." 는 말을 할 때가 있다. 이 말에는 자식들이 나보다 더 성공했으면 하는 마음으로 하는 말이다. 이 말은 부모님이 겪은 고난을 겪지 말고 행복하게 살기를 바라는 부모님의 마음이 들어 있다. 그렇지만 세월이 지나면서 자식들의 삶을 가만히 들여다보면 부모의 삶을 고스란히 닮아 가고 있음을 발견할 수 있다. 오랜 시간을 한집에서 함께 살다 보면, 부모와 자식 간에 자신도 모르게 닮아 가면서 동화되기 마련이기 때문이다.

이런 관점에서 부모님들의 삶이 자식들에게 매우 중요한 의미로 다가간다. 부모님들이 자식들이 나보다 더 나은 삶을 살기를 바란다면, 부모님 자신이 어떤 삶을 살았는지를 제대로 알려주는 것이 중요한 부모의 의무라고 해도 과언이 아니다.

복지관에서 자서전을 쓰시는 어르신들이 살아온 이야기를 글로 쓴 다음, 서로 읽으면서 삶을 나누는 시간이면 함께 울고, 웃으면서 소통하는 시간이야말로 진정한 치유의 시간임을 경험하게 된다. 시련을 딛고 이기며 살아오신 이야기들은 유명한 지식인들의 강의보다 더 감명 깊은 교훈이기도 했다.

가족들이 모인 자리에서 자녀들이 태어나기 전에 있었던 이야기들을 들려주면, 자녀들이 호기심을 가지고 집중하여 듣는 것을 볼 수 있다. 그 시절 옛날의 부모님의 학창 시절, 연애담, 그 시절 먹거리 같은 이야기에 귀를 쫑긋 세우고 듣는 장면을 볼 수 있다. 자녀들은 부모님이 살아온 삶에 대한 관심이 많다는 것을 알 수 있다. 그 관심은 단순한 흥미를 넘어 부모님의 희로애락의 이야기 속에서 의미를 찾게 되므로 자녀들의 삶에 지침이 될 수 있는 호기심이라고 할 수 있다.

　요즈음엔 자녀들이 부모님의 칠순이나 팔순 선물로 자서전을 출간해 드리는 경우가 많다. 부모님에게 보람을 안겨드리는 일이기도 하고, 자녀의 입장에서 부모님의 살아오신 삶을 알고 간직하며, 교훈으로 삼고 싶기 때문일 것이다. 긴 시간 최선을 다해 살아오신 부모님의 삶 자체가 자녀들에겐 그 무엇과도 바꿀 수 없는 유산이다.

2. 자서전은 내 삶의 여행이다

자서전(自書傳)의 사전적 의미는 '자서전 쓰는 사람의 일생을 소재로 쓰거나, 남에게 구술하여 쓰게 한 전기'라고 표기하고 있다. 쉽게 말하면 '자신의 삶을 자기 스스로 쓴 글'이다.

서울대학교 프랑스 문학과 유호식 교수는 자서전을 "자서전 (autobiography)이란 용어는 그리스 어원을 가진 세 단어의 합성어로 소개한다. 'auto-bios-graphein'은 '나-삶-쓰다'라는 의미로 '내가 나의 삶에 관해 쓴다'라는 의미"를 담고 있다. 여기에는 행위의 주체인 '나'를 서술하는 대상이 '나의 삶' 그리고 글쓰기라고 하는 '행위'가 분명히 드러나 있다. 자서전은 자신의 삶으로 하나의 이야기를 만들어 내는 행위이다.

자서전에서 가장 본질적인 부분은 "나 스스로 직접 나에 관해서 쓴다."는 것이다. 평전이나 전기는 제삼자가 객관적으로 어떤 인물에 대해 묘사를 하는 것이지만 자서전은 당사자가 직접 자신의 삶을 쓰는 것이다.

지금은 고인이 된 변화경영전문가 구본형 씨는 자서전 쓰기의 필요성에 대해서,

"자서전은 개인에게 기억된 역사이며 동시에 그 사람의 꿈이다. 자신의 이야기를 기억하는 것이다. 우리는 자신의 이야기를 통해 사람들의 이야기를 한다. 그래서 자서전을 읽으면 그 속에 그 사람만 있는 것이 아니라 책을 읽고 있는 나 또한 그 속에 있는 것이다. 이렇게 우리는 삶의 이야기를 교환한다. 또한 과거 이야기를 하면서 만들고 싶은 미래의 이야기를 한다. 자서전은 개인에게 기억된 역사이며, 동시에 그 사람의 꿈이다. 위대한 사람만 자서전을 쓰는 것이다. 평범한 사람은 평범하므로 자신의 기억을 남겨야 한다. 자서전이란 오히려 자신이 기록하지 않으면 누구도 기록해 주지 않을 기억을 남겨야 하는 모든 평범한 사람들의 의무라고 할 수 있다. 나는 10년에 한 권씩 자서전을 쓰기로 했다. 누가 내 이야기에 관심을 둘 것인가는 중요하지 않다. 나는 나를 위해 쓴다. 기록이 없으면 역사도 없고 자신의 세계도 존재하지 않을 것이다. 나는 사라질 것이고 나의 이야기는

남을 것이다."라고 말하고 있다.

이 글은 지금 자서전 쓰기에 도전하는 사람들에게 던져주는 의미가 다르다. "자신이 기록하지 않으면 누구도 기록해 주지 않을 기억"을 남긴다는 것이 자서전 쓰기는 쓰는 사람을 위한 일이라는 동기부여가 된 것이다.

자서전 쓰기는 자신을 찾아가는 과정이다. 다시 말해서 자신의 정체성을 발견하는 과정이다. 진정으로 나는 누구이며, 어떻게 살아왔고 앞으로 어떻게 살 것인가를 진지하게 고민하는 일련의 과정이다. '나'에 대해 끊임없이 질문을 던지며 그 답을 찾아가는 과정이다. 즉 깊이 성찰하고 내면의 깊숙이 침잠하는 과정이기도 하다. 우리는 자서전 쓰기를 통해 자신을 철저히 분석하는 시간을 갖게 된다.

자서전은 본인의 삶은 물론 조상과 가문의 내력들을 진솔하게 쓴 이야기이다. 그러나 다른 한편으로는 자신의 겪어온 희로애락의 삶을 들여다보면서 행복한 순간들과 안타까운 사연들을 성찰해 상처 난 자신의 영혼을 스스로 치유하는 계기가 될 수도 있고, 우리 시대의 이야기를 다음 시대에 전하고 증거 하는 기록물로서의 가치도 매우 크다.

나를 찾아가는 여행이 될 자서전 쓰기, 만일 여러분들이 이 책이 제시한 방법대로 자서전을 쓰게 되면 자신이 살아온 가족과 나, 친구, 직업, 사랑과 이별 등에 얽힌 수많은 이야기를 통해서 새롭고 가치 있는 삶의 의미를 창조해 내게 된다. 지나온 삶을 되돌아보면서 남아 있는 생애에 새로운 의미를 부여하여 보다 적극적으로 살아갈 수 있는 더없이 소중한 시간이 된다.

하루하루가 본인의 자서전의 한 페이지로 장식된다고 생각한다면 우리의 행동 하나하나에 더욱 신중해지고 겸허해진다. 자서전 여행은 진정한 찾아가는 여정이다.

3. 자서전은 내 삶의 꽃이다

자서전은 나의 삶을 돌아보면서 나만의 메시지를 만든다. 삶을 통해 쌓인 삶의 경험과 메시지는 자서전을 쓰면서 나를 당당히 홀로 설 수 있게 한다. 타인에게도 긍정적인 영향을 준다.

글을 쓰지 않는 사람은 스무 살이든 여든 살이든 늙은 사람이다. 글을 계속 쓰는 사람은 스무 살이든 여든 살이든 육체 나의 제한을 받지 않는 젊은 사람이다.

2020년 시작한 코로나가 몇 년째 사그라지지 않고 모든 일이 마비된 것 같다. 아이들은 집에 갇혀 하루종일 북새통을 이루고 자영업자들은 몇 달째 매상이 안 올라 걱정이 많다. 2020년에는 마스크 대란을 겪기도 했다. 가급적 만나지 않는 게 서로를 위하는 것으로 생각하여, 친구도 친지도 만난 횟수를 줄이다보니,

여러모로 우울해지는 것이 우리의 모습니다.

　일상의 기쁨이 없을 때 글을 써보면 어떨까? 복잡한 생각과 우울할 때 글을 쓰면 좀 더 즐겁고 삶에 활력을 찾을 수 있다. 글을 쓰면서 감사했던 일, 보고 싶은 사람, 하고 싶은 일, 가고 싶은 곳, 먹고 싶은 음식, 행복했던 일 이런 주제로 생각나는 대로 몇 줄씩 써볼 수 있다. 어제 썼던 것을 생각해 보면서 잠시 추억에 잠겨보고, 그다음 이야기를 이어 쓰면서 일상의 행복을 느낄 수 있다. 다만 한꺼번에 모아서 많은 양의 글을 쓰지 말고 조금씩 쓸 때 더 재미있다. 특히 자서전 글쓰기는 뇌 운동을 활발하게 해준다.

4. 자서전은 최고의 힐링이다

온라인 글쓰기 교실은 이런 장점이 있다.

첫째, 지역성의 한계가 없다. 전국, 해외 어디서나 가능하다.

둘째는 익명성이다. 익명성은 글쓰기를 자유롭게 한다. 부끄럽다고 생각되는 기억이나 어두운 경험 등 비교적 진솔하게 풀어낼 수 있다. 남의 시선을 살피지 않아도 되기 때문이다. 누구나 살아온 만큼 크고 작은 영광만큼 슬픔이나 상처도 있게 마련이다. 대면 수업에서 드러내기 어려운 속살 같은 이야기를 할 수 있다. 온라인이라서 가능하다.

셋째, 편의성이다. 쓰고 싶은 시간에 쓰고 할 수 있는 시간에 첨삭할 수 있다는 건 더할 수 없이 편리하다. 각각 글쓰기 좋은 시간이 있고, 글쓰기 좋은 장소도 각각 다르기 때문이다. 자신에게 적합한 시간에 알맞은 장소에서 글을 쓰고 퇴고하기도 하고, 교정과 첨삭을 위해 받은 글은 내가 편한 장소와 시간을 내서 첨삭하곤 한다. 이 밖에도 소소한 장점들이 있다는 것을 온라인 글쓰기 교실을 운영하면서 경험한다.

글쓰기는 책으로 내지 않아도 그 자체로 인생의 좋은 벗이 된다. 일기나 편지 혹은 페이스북 등등. 일상에서 우리가 누릴 수 있는 글쓰기의 즐거움은 다양하다. 하지만 많은 사람이 "나는 글을 못 쓴다."고 먼저 자신을 제한한다. 물론 이 경우 글을 쓰긴 쓰는 데 잘 쓰지 못한다는 의미일 때도 있고, 글을 전혀 못 쓴다는 의미일 때도 있다. 그런데도 이 둘의 공통점은 글쓰기 앞에서 작아진다. 그래서인지 자서전 쓰기를 해보고 싶다고 생각하면서도 선뜻 엄두를 내지 못하는 사람이 많다.

하지만 글쓰기란 생각보다 어려운 것이 아니다. 이 글을 읽는 분 대다수가 카카오톡을 하리라 생각한다. 우리 시대 카카오톡은 일상이며 소통의 도구이다. 많은 사람이 카카오톡으로 약속도 잡고, 수다를 떨 거나 심지어 싸움까지 한다. 자, 그렇다면 우리는 글 쓸 준비가 끝났다. 카카오톡을 한다면 이미 글을 쓸 줄 아는 사람이다.

핸드폰이 울리길래 화면을 켜보니 배우자에게서 이런 메시지가 와있었다.

"즐점하세요^^" 누구나 이 카카오톡의 의미를 알 것이다. 즐겁게 점심을 먹으라는 메시지에 웃음을 뜻하는 이모티콘(^^)을 곁들였다. '즐점'은 SNS에서 쓰는 축약어로 '즐거운 점심'을 의미한다.

자, 그럼 이 카카오톡을 문장으로 다시 써보면, "즐거운 점심 하세요. 호호!"

흠잡을 데 없이 완전한 문장이다. 우리가 쓴 카카오톡에서는 이모티콘이나 축약어 등 다양한 기호들이 글자를 대신한다. 이런 것들이 글자와 어우러져 문장의 꼴을 이루고 있다. 주어나 목적어가 빠진 문장을 보낼 때도 있다. 이런 경우 카카오톡을 받는 상대방이 빠진 내용을 이해할 수 있을 때만 의도적으로 생략한다. 그러니 카카오톡 메시지는 소통의 기능을 다 하는 '완전한 문장'이 된다.

글이란 것이 거창한 것이 아니다. 문장이 여럿 모이면 글이 된다. 우리는 카카오톡을 통해 이런 문장을 매일 여러 개에서 많을 때는 수십 개씩 보낸다. 한 문장만 쓸 때도 있지만 두 문장, 아니 장문의 메시지를 보낼 때도 있다. 즉 우리는 매일 글을 쓰고 있던 셈이다.

카카오톡을 할 때 쓰는 글과 자서전의 글이 어떻게 같냐고 말하는 사람들도 있다. 카카오톡의 글이 따로 있고, 자서전의 글이 따로 있는 것이 아니다. 굳이 다른 것을 찾자면 글에 담기는 내용뿐, 문장의 형식은 카카오톡에서든 자서전에서든 똑같다.

　물론 카카오톡은 보통 두어 줄에 불과하고, 자서전은 분량이 상당한 만큼 시작하는 부담이 있지만, 어떤 책이든 한 문장에서 출발한다. 한 권의 책도 그 한 문장이 다음 문장, 또 다음 문장으로 이어지면서 이루어진 것이다. 자서전이라고 해서 꼭 몇백 페이지 짜리 두꺼운 책을 생각할 필요는 없다.

　자서전은 내 인생의 모든 사건을 쓰는 것이 아니라 내가 중요하게 여기는 이야기가 담긴 책이다. 처음에는 두세 장이든 스무 장이든 쓰고 싶은 내용만, 쓸 수 있는 만큼만 쓰면 된다. 첫술에 배부르지 않듯이 일단 내 이야기를 쓰는 즐거움을 느끼고 나면, 쓰고 싶은 내용도 계속 떠오르고 덧붙일 말도 늘어난다. 그때 가서 점점 더 그 양을 늘려가며 다시 쓰기를 거듭하면 된다. 그때가 되면 어느새 한 권의 책으로 출간할 만큼 원고가 쌓여 있게 된다. 일단 쓰기 시작하면 된다.

5. 자서전은 이 세상에서 유일한 이야기이다

최근 들어 여러 기관이나 복지관에서 60대, 70대, 80대 대상으로 자서전 쓰기에 대한 강의를 하고 있다. 새로운 지식이나 정보를 주는 건 아니기에, 강의라기보다는 자서전을 쓸 수 있도록 동기부여를 해 드린다. 평소에 가슴 속에 담아 두었지만, 아직 실천하지 못한 숙제 같은 것을 풀어 드리는 것이다.

사람마다 살아온 일이 다를지언정 가장으로서, 남편으로서, 아버지로서, 그리고 자식으로서 동시대를 헤쳐온 삶의 흔적과 무늬가 고만고만하기에 정서적 유대감이 이루어진다. 서로 소통할 수 있어 함께 웃고 우는 자서전 쓰기를 하는 모임이다. 힘들게 살아온 이야기를 나눌 때는 마치 치열한 전쟁터에서 함께 귀향한 듯한 전우애마저 든다. 다들 솔깃하게 경청한다. 그러나 똑같은 고민은 여기서도 예외는 아니다.

"제 인생 역전을 책으로 쓰자면 아마 수십 권으로도 모자랄 겁니다. 그렇다고 제가 성공한 인생도 아니잖아요. 그리고 제가 유명인사도 아닌데 자서전을 쓴다면 남들이 비웃지나 않을지 걱정도 되고요. 또 설사 자서전을 쓴다 해도 어떻게 풀어나가야 할지, 어떻게 써야 하는지를 모르겠습니다."

자서전강의를 할 때 현장에서 제일 많이 듣는 이야기다. 이럴 때면 영화 〈국제시장〉(2014년 개봉, 윤제균 감독)의 마지막 장면을 보여 준다. 마지막 장면에서 큰아들은,

"아버지, 내 약속 잘 지켰지예, 이만하면 내 잘 살았지예, 근데 내 진짜 힘들었거든예."

영화의 마지막 장면에서 주인공인 덕수의 잔치 이야기로 마무리하는데, 자식들이 거실에서 즐겁게 웃고 떠들 때, 덕수(황정민)는 슬그머니 자기 방으로 들어간다. 그리고 흥남 부두에서 헤어진 아버지의 빛바랜 사진 앞에서 독백하면서 펑펑 운다.

나는 이 장면이 이 영화 전체에서 최고의 명장면, 명대사라고 생각한다. 영화와 동시대를 헤쳐온 한국 중장년의 자화상이면서, 울지 말라고 배운 한국 남자가 흘리는 가장 뜨거운 눈물이다.

이 영화야말로 지금 황혼에 접어든 이들의 고전적 자서전 모델이라고 생각한다.

자서전은 바로 이런 거다. 어린 시절부터의 주인공 일생이 연대기처럼 흘러가지만 영화는 지루하지 않고 감동을 준다. 그건 덕수의 삶이 비록 투박하고 거칠지만 진실하기 때문이다. 그가 파독 광부에서 죽음의 위기를 넘기고 돌아온 이후, 다시 가족을 위해 베트남 전쟁에 가려고 하자 아내 영자(김윤진)가 말리면서 이렇게 말한다.

"당신 인생인데 왜 그 안에 당신은 없나요?"

맞다. 지금 중장년은 어찌 보면 자기 인생을 제대로 살지 못했다. 가족과 회사와 나라를 위해 평생을 뼈 빠지게 일했다. 열사의 사막에서 짠 내 나는 '난닝구'를 빨며 돈을 부쳤다. 보람은 있었지만 진정 자신을 위한 삶은 아니었다.

그런데 지금, 나 자신을 위해 살기에는 늙어버렸다. 이제라도 자신을 찾아야 한다. 나는 자신을 찾는 가장 좋은 방법이 바로 자서전을 써보는 일이라고 생각한다. 자서전은 내 평생의 땀과 눈물에 대한 스스로 보상이다. 자서전을 쓰는 과정은 나를 용서하는 것이고 나와 화해하는 것이다. 그리고 남은 멋진 삶을 위한 성찰이자 다짐이다. 내가 나에게 선물을 준 적이 있었던가. 자서전은 내가 나에게 주는 인생 최고의 생일 선물 같은 것이다.

요즘 지자체가 운영하는 몇몇 평생교육원이나 사회복지관, 은퇴자를 위한 기관에서 자서전 쓰기 강좌를 만들어 글쓰기에서부터 자서전을 구성하는 법을 가르치고 출판기념회까지 열어주는 곳도 있다. 지난 대선에서 탈락한 한 후보는 '어르신 자서전 쓰기 지원'을 공약으로 내세운 적이 있었다. 이색 공약이라고들 했지만 나는 지키지도 못할 그 어떤 약속보다 훨씬 괜찮은 공약이라고 생각한다.

자서전에 대한 가장 큰 오해는 성공한 이들만 쓰는 것이라고 생각하는 것이다. 자서전은 결코 그들의 전유물이 아니다. 자기 자랑과 성공담으로 가득 찬 정치인이나 회장님, 명사의 전기나 회고록이 아니다. 플루타르크 영웅전도, 루소의 참회록도 아니다. 영화 〈국제시장〉에서 정주영 현대그룹 창업주나 가수 남진, 디자이너 앙드레 김 등 유명인사가 잠시 묘사되지만, 부산 국제시장의 '꽃분이네' 포목점 하나로 밥 먹고 애들을 공부시킨 평범한 덕수, 그가 바로 주인공이다. 그가 자서전의 가장 빛나는 주인공이 되는 것이다. 평범한 삶이 위대한 이야기를 잉태한다. 한 사람 한 사람의 삶보다 위대한 이야기는 없다. 강의장에서 "우리 모두는 자서전을 쓸 충분한 자격이 있다."고 말하니 어떤 분이 박수를 쳤다.

자서전은 나의 재발견이자 내 삶의 재구성이다. 자서전에 담을 것은 나의 삶에서 일어난 표면적 사건의 나열보다는 그 깊은 아래에 있는 진솔한 나의 감정과 이면, 마음속에 간직했던 애잔한 이야기다. 그건 아름다울 수도 있고, 가슴 아플 수도 있고, 부끄러운 것일 수도 있다. 내가 말하지 않으면 누구도 알 수 없는 나만의 기억이자 추억이다. 내 삶에서 나의 희로애락과 경험은 고유하고 유일하다. 모사품이나 짝퉁이 없다. 내 자식도 내 배우자도 모르는 것이다. 기록이 없으면 역사도 없다. 보통의 사람이 역사로 남는 건 자서전뿐이다. 멋진 묘비명이나 유언 대신 당신의 가슴이 오롯이 담긴 한 권의 책이 당신을, 당신의 삶을 기억하는 것이다.

인생은 기승전결이 있는 거대한 글감이다. 인생이 책 한 권과 같다면 사람은 누구나 자신의 삶을 써 내려가는 작가다. 원고지에 옮기지 않았을 뿐이다.

글을 잘 쓸 줄 모른다고 걱정할 필요는 없다. 자서전을 쓸 때 대단한 문학적 감수성이나 문장 실력이 필요한 건 아니다. 인생을 글로 쓰는 일에 정해진 규칙은 없다. 기본적인 것은 책에도 있고 동기부여 해주는 강사도 있다. 가장 분명한 건 진실한 글만큼 감동적인 글은 없다는 것이다. 자서전은 당신이 이 세상에 남기는 최고의 걸작이다. 살아있으면서 증언하는 진솔한 꾸밈이 없는 이야기이기 때문이다.

6. 자서전을 쓰면 세상에서 휘둘리지 않는다

　세상에 지배당하지 않고 자신이 추구하는 가치를 실현하면서 인생을 살아갈 방법은 없을까? 언제까지 세상이 만든 프레임 속에 자신을 맞춰가며 '순응적인 삶'을 살아야 할까? 이제 평범한 개인들도 자신만의 전략을 가지고 세상과 싸움을 준비해야 한다.

　중국의 역사 소설 《초한지》의 항우는 "세상이 나를 알아주지 않는다."는 패배의 고백이다. 조조처럼 이를 악물고 "내가 세상을 버릴지언정, 세상은 나를 버리지 못하게 하겠다."라는 강단 있는 자세가 중요하다. 이 자세는 나를 성찰하면서 과거의 나를 회상하고 미래의 나를 위한 하프타임이 있어야 한다. 이 정점이 자서전 쓰기이다.

　살아가면서 두렵다고 느끼는 것들을 하나씩 점검해 보고 거기에 대해 스스로가 어떻게 대응하고 있는지 살펴보아야 한다. 지금 아무것도 하지 않고 있다면 두려움을 극복하기 위해 어떤 행동을 해야 할지 고민하는 것이 중요하다. 조금이라도 무엇인가 행동을 취하고 있다면 그런 성실한 행동이 가져올 미래에 대해 강한 믿음을 가질 수 있다. 어차피 아직 일어나지 않은 미래가 잘못될 것이라고 두려워하는 것이나, 아직 일어나지 않은 미래가 내가 원하는 대로 실현될 것이라고 믿는 것이나 둘 다 이성적이지는 않기는 매 한 가지다. 긍정적인 감정으로 부정적 감정을 극복하는 것 역시 자서전을 쓰는 과정에서 깨닫는 것이다.

인간관계는 어떤 형태로든지 문제를 일으킨다. 문제라는 어투가 부정적으로 들리지만 이러한 문제들을 통해 어찌 되었든 개인은 성장한다. 하지만 성장이라는 결과물을 얻기까지 인간관계 속에서 정신 차리기 어려울 정도로 힘든 시간을 지나야 한다. 이렇게 말하는 것은 지금까지 인간관계를 분석하는 관점이다. 하지만 새로운 관점으로 관계를 바라본다면 어떻게 될까? 그 답은 자서전 쓰기이다.

희대의 비극은 분노 조절 실패에서 비롯되었다. 부정적인 감정이 잡초처럼 무성히 자라나지 않도록 자기를 통제해야 한다는 교훈을 다시 한번 되새기게 하는 사건이었다.
인간이 보이는 몇몇 반응을 이야기할 때 우리는 흔히 '본능적인 반응'이라는 말을 한다. 언뜻 들으면 '본능이기에 통제 불가'라는 뜻으로 해석된다. 또 조절하기 '어려운' 반응이라는 말도 자주 한다. 그러나 바꿔 말하면, 어렵지만 조절이 가능하다는 뜻도 된다. 물론 모든 사람이 조절에 능한 것은 아니다.

사람은 누구나 욕망이 있다. 그러나 사람이기 때문에 그 욕망을 절제할 줄 안다. 이것이 바로 사람과 동물의 가장 큰 차이점이다. 사람은 도덕관을 가지고 있기 때문에 자기를 절제할 줄 아는 것이다. 그 사례가 자서전 쓰기라고 할 수 있다.

세상에 휘둘리지 않고 살아가려면 자기 나름의 확고한 소신과 정의에 대한 기준이 있어야 한다. 또한 자신에 대해 정확한 지식이 있어야 주변의 상황에 좌지우지되지 않는다.

소크라테스가 '너 자신을 알라'라고 지적한 바와 같다. 우리는 우리 자신에 대해 정확히 모르기 때문에 오판하고 실수를 범하며 살아간다. 세상에 휘둘리지 않기 위해서 자신을 정확히 알 수 있는 것은 자서전을 쓰는 과정에서 깨닫는다.

7. 자서전은 최고의 인문학이다

최근 들어 인문학의 중요성에 대해 관심을 갖는 사람들이 많아지고 있다. 여기저기서 인문학 강의가 열리고 있다.

인문학이란 무엇일까?

인문학은 자연과학에 대비되는 개념으로 쓰인다. 자연이 아니라 사람에 대한 학문이라는 것이다. 그러나 이것은 인문학에 대한 형식적인 정의(definition)다. 인문학을 인문학답게 해석하자면 확장적, 발전적, 상상적 시각이 필요하다.

첫째, 인문학이란 물음이다.

세상과 나에 대한 성찰적 질문이다. 어떻게 사는 것이 올바른 삶이고, 행복한 인생인지, 나의 꿈은 무엇인지, 나를 알기 위한 질문이고, 세상을 알기 위한 질문이다. 문은 그래서 글월 문(文)이 아니라 물을 문(問)이다. 인문학(人文學)은 인문학(人問學)이다. 물음은 상상력을 키우고, 꿈을 성장시키고, 나를 성장시킨다.

둘째, 인문학이란 눈이다.

사회를 보는 눈이고, 타인을 보는 눈이다. 사회는 정의로울 수도 있고, 개판일 수도 있다. 어떻게 보느냐에 따라 타인은 친구도 될 수 있고, 적이 될 수도 있다. 맨눈으로 볼 때의 세상과 안경 낀 눈으로 볼 때의 세상은 다르다. 안경도 도수에 따라, 오목렌즈냐 볼록렌즈냐에 따라 세상은 달리 보인다.

셋째, 인문학은 핀셋이다.

과거에 대한 기억을 끄집어내는 핀셋이다. 기억은 우중충할 수도 있고, 행복할 수도 있다. 숙달된 의사가 들고 있는 핀셋은 정교하고, 정확하고, 치밀할 수 있다. 그러나 어설픈 선무당이 들고 있는 핀셋은 사람 잡는 무기가 될 수도 있다. 핀셋에 솜을 묻히면 상처를 치료하는 도구가 된다. 인문학은 힐링이다. 상처를 잘 아물게 하고, 질병을 낫게 하고, 건강을 되돌려주는 중요한 도구다.

넷째, 인문학은 공감능력이다.

나의 말에, 나의 표정에, 나의 생각에, 나의 글에 누군가 공감

해주는 것보다 더 달콤한 것은 없다. 페이스북이나 트위터, 카카오톡에 올린 글이 많은 사람들의 공감(♡)을 받으면 행복하다. 공감은 사랑을 만들고, 연대를 만들고, 세상을 바꾼다. 인문학은 공감능력을 성장시켜 준다.

가장 중요한 인간인 '나'를 탐구하는 자서전 쓰기는 자기 자신에 대해 깊이 있게 성찰하며 나에게 질문을 하며 글을 쓴다. 자서전을 쓰면서 나를 보고, 타인을 보고, 사회를 보게 된다. 과거에 대한 기억을 끄집어내어 자서전을 쓰다 보면 상처를 치료하고, 아물게 한다.

자서전 쓰기는 인생의 가치와 역사를 점검하는 계기가 되는 것이다. 자기 자신을 찾아 자신의 정체성을 제대로 발견하는 계기가 된다. 자서전 쓰기를 하면서 정신 활동을 더 풍요롭게 해 줄 수 있다. 자신의 삶과 세상을 더 가치 있게 만드는 수단이 된다.

자서전을 쓰면서 자신이 어떻게 살아왔는지를 차분하게 정리를 하면서 현재의 나를 재구축하는 기회를 얻을 수 있다. 자신이 살아온 삶에는 성공도 있고 실패도 있었을 것이다. 자서전을 쓰면서 성공과 실패의 원인도 분석하게 되고, 저질렀던 실수를 돌아보면서 차분하게 생각할 시간의 여유가 없이 앞만 보고 달려

왔던 중년의 시절을 회상하기도 한다.

자신이 살아온 이야기를 쓰면서 자신을 객관적으로 냉철하게 평가하면서 인생을 중간 점검해 보면서 남은 날들을 알차게 보낼 수 있도록 안내해 주는 지침서로서 역할을 해 준다.

자서전 쓰기를 하면서 세상과 나에 대해서 성찰하게 되고, 사회를 보고, 타인을 보고, 나를 보게 된다. 과거에 대한 기억을 끄집어내어 글을 쓰면서 공감능력을 성장시켜 주는, 인문학 중에 최고의 인문학(人間學)이다.

8. 자서전은 응고된 아름다운 추억이다

　인간은 컴퓨터처럼 입력된 정보를 저장했다가 사용할 수 없다. 수없이 경험해 온 것도 기억을 못 할 수 있고, 한 번 일어난 일을 또렷이 기억하기도 한다. 500원짜리 동전에서 학이 왼쪽으로 날아가는가, 오른쪽으로 날아가는가? 이 질문을 100명에게 하면 절반만 맞힐 정도다. 반면 미국 뉴욕의 9·11테러 뉴스를 들었을 때 당신은 어디에서 무엇을 하고 있었는가? 10년도 더 된 일이고, 단 한 번의 경험이지만 많은 사람이 그때를 기억하고 있을 것이다. 왜 어떤 기억은 쉽게 잊히고 어떤 기억은 오랫동안 또렷하게 남는가.

　어제저녁에 무엇을 먹었는가? 외우려고 애쓰지 않아도 쉽게 대답할 것이다. 2~3분 이상 다른 생각을 하다가도 과거의 일을 기억해낼 수 있다면 그 경험은 이미 우리의 장기 기억에 저장된 것이다. 그렇다면 한 달 전 저녁에 먹은 음식은? 기억하기 어렵다. 우리는 매일 식사를 하고, 무엇을 먹었는지에 대한 정보가 계속 쌓여 뒤섞여 있기 때문이다. 즉, 매일 하는 식사에 대한 정보가 장기 기억에 저장돼 있긴 하지만 각각의 정보가 어디에 있는지를 몰라 꺼내 쓸 수 없다. 반면 한 달 전 오늘이 자신의 생일 같은 특별한 날이었다면 기억이 저장된 곳의 단서를 이용해 쉽게 인출할 수 있다.

기억 과정은 크게 3단계로 나뉜다. 최초의 경험을 하면서 기억이라는 장치에 입력하는 부호화 단계, 부호화된 경험 정보를 저장하는 단계, 그리고 저장된 정보를 인출하는 단계이다. 어릴 적 기억은 또렷한데 최근 몇 년의 기억은 어렴풋한 현상은 기억의 3단계 모두와 관련돼 있다. 우선 기억이 잘 되기 위해서는 부호화가 잘 돼야 한다. 첫 경험, 강렬하고 독특한 경험일수록 나중에 기억해내기 쉽다.

저장 단계도 중요하다. 마치 두부가 시간이 지나면서 응고되는 것처럼 기억 내용도 굳어져 더 또렷하게 기억될 수 있다(이를 '기억의 응고 가설'이라고 부른다). 응고가 잘 안 된 기억은 깨지기 쉽다. 가령 골키퍼가 골대에 머리를 부딪쳐 잠깐 정신을 잃으면 머리를 다치기 직전 몇 분간의 일을 전혀 기억하지 못한다. 이는 그 수 분 동안의 기억이 응고되지 못했기 때문으로 해석할 수 있다.

인출 단계 역시 중요한 역할을 한다. 과거 기억을 인출하면 그 내용이 조금 유연해지고 다시 응고되는 일이 반복되는데, 이러한 인출과 응고의 반복은 마치 쇠붙이를 불에 달궈 더 단단하게 만드는 것처럼 기억 내용을 더 확고히 한다. 젊은 시절의 기억을 종종 인출했기 때문에 이 기억들이 상대적으로 더 단단해진 것이다. 노인성 뇌인지 기능 장애로 과거의 일들이 점점 기억에서 사라지는 경우 역시 비교적 최근의 기억부터 점점 오래된 과거의 순서로 망각이 진행되는 것도 기억의 응고 가설을 뒷받침한다.

자서전 쓰기 과거를 기억해내는 실제 방법
첫째, 질문하는 제목을 선택하여 글감을 기억하여 찾아낸다

둘째, 앨범이나 컴퓨터, 핸드폰에 저장해 둔 사진을 보면서 글감을 찾는다.
선택한 사진을 시대별로 진열해 놓고, 그때 사건들을 회상하며 메모한다. 그 사진의 배경, 무엇을 하고 있을 때 찍은 것인지 등 그 사진이 담고 있는 이야깃거리를 간단하게 메모형식으로 기록하여 이야기로 만들어 가면 자서전 쓰기에 다양한 글감이 된다.

셋째, 기억이 나는 장소를 찾아가 본다.

고향, 학교, 다니던 직장 등을 찾아가는 자서전 여행이다

넷째, 메모하기다.

순간적으로 떠오른 생각은 잠시 후에 잊어버리기 쉽다. 기억이 흐릿해지지 않도록 기록하는 습관이 중요하다. 길을 가다가 생각이 날 때, 책을 읽다가도 기억하고 싶은 내용이면, 지하철을 타고 가다가 생각이 날 때 등 어디서든 손안의 메모지를 준비하여 기록하는 것이다. 요즈음은 핸드폰에 기록하든지 사진을 찍어 놓을 수도 있다. 동영상을 찍을 수도 있고, 녹음하는 것도 유익한 방법이다.

여러 가지 방법을 동원해서 응고된 과거의 기억을 글감으로 삼아 자서전을 쓰면 훨씬 쉽게 쓸 수 있으며, 과거의 기억이 유연하고 아름다운 추억으로 기록되는 걸작품의 자서전이 완성될 수 있는 지름길이다.

9. 자서전은 소마(soma) 건강법이다

평범한 사람들의 자서전 쓰기는 감동의 선물이 된다. 유명인의 성공담만 늘어놓는 이야기는 이제 사람들의 마음을 움직이지 못한다. 반면 인생의 성취와 실패, 기쁨과 좌절을 있는 그대로 보여주는 자서전이 독자에게 진정한 공감과 감동을 준다. 자서전을 읽는 것만 아니라 직접 자서전을 쓰는 것이 더 인기가 있다.

자서전 쓰기는 나만 알고 있는 내 삶을 기록으로 남기고, 살아오면서 묻어 두었던 아픔을 털어버리는 치유의 기회이다. 자신이 살아온 역사를 돌아보고 서술하는 과정에서 만나는 무수한 감정들을 객관적으로 바라보면서 쓰는 글들이 감정 글쓰기가 된다.

곧 자서전 쓰기는 영혼, 마음, 몸까지 치유하는 소마(soma) 건강법이다.

○○복지관에서 10회기 자서전 쓰기를 하면서 매 회기마다 서로의 이야기를 나눌 때면 함께 웃고, 함께 울고, 기뻐하는 시간이었다. 2년이 지났는데도 자서전 팀들이 그룹 카카오톡방에서 매일 소통하시며 행복해하시는 훈훈한 카카오톡방이다.

가장 중요한 것은 자서전 쓰기를 통해 진정한 나 자신을 만날 수 있다. 내가 누구인지, 내가 진정 원하는 것이 무엇인지를 알아 남은 미래의 내 모습을 설계할 수도 있다. 자기 내면 깊숙이 침잠하여 영적인 눈으로 자신을 객관적으로 들여다볼 수 있게 해주는 것이 바로 자서전 쓰기다.

나를 찾아 떠나는 여행, 지나간 희로애락을 글로 옮기면서 나다움의 감성을 플러스한다. 스스로에게 친밀해지고 타인을 배려하게 되고, 이웃과 화목하게 되는 또 다른 삶의 맛을 더하게 된다.

함께 모여서 이야기를 나누다 보면 열 배의 삶의 경험을 쌓아온 여정을 돌아보게 된다. 가슴 뭉클한 감격과 가슴을 에는듯한 참회와 가슴 따뜻한 연민의 정이 솟아나는 주옥같은 시간이 된다.

자서전은 나에게 주는 소중한 선물이다. 자녀에게 주는 가장 값진 유산이다. 손주에게 읽어 주는 역사의 이야기다. 세상에서 정말 진솔한 꾸밈이 없는 나만의 이야기를 기록하는 산실이다.

10. 자서전은 나의 자화상이다

유달리 자화상을 많이 그린 화가가 있다. 렘브란트와 반 고흐가 그렇다. 자화상은 개인에 대한 자각이 강하게 부각된 르네상스 이후에 많이 그려졌다. 17세기의 렘브란트는 그때그때의 심리상태를 표현한 100여 점의 자화상을 그려서 자기의 삶과 내면세계를 표현하였다. 19세기에는 자화상이 보편화 되었는데 고흐는 50여 점의 자화상을 남기기도 하였다. 이렇게 대부분의 화가들은 자화상 한 두 점은 그려서 남겼다. 화가들이 자화상을 그렸다는 것은 그만큼 자기 자신에 대해 깊이 알고 싶은 마음으로 자화상을 그렸다.

과연 나는 누구일까? 내가 나에 대해 가장 잘 아는 것 같은데 정작 나는 나에 대해 얼마나 알고 있을까? 나는 나를 얼마나 자주 만날까? 나는 나에 대해 얼마나 곰곰이 정리하며 살아가고 있는가?

인디언들은 아무도 없는 사막 한가운데로 가서 혼자 깊이 고독에 빠져 자기 자신과 만나는 시간을 갖는다. 어른뿐 아니라 소년들까지도 고독의 시간을 보내고 나면 한껏 성장한 모습을 볼 수 있고, 그 모습을 보면서 모두 박수를 보낸다고 한다. 자서전은 가능한 한 객관적으로 자기가 겪은 사건이나 경험 또는 정신적 변화를 혼자서 스스로 자신과 만나는 시간을 통해 기억나는 이야기를 전기형식으로 기록한 글이다. 사실 우리는 매일 순간마다 자서전을 쓰며 살아가고 있다고도 할 수 있다.

11. 자서전은 검토하는 인생이다

    소크라테스의 "너 자신을 알라"라는 유명한 금언이 있다. 그러나 자서전을 쓰려고 하는 사람에게 더 와 닿는 말이 있다. "검토되지 않는 삶은 살 가치가 없다." 이 말 역시 소크라테스가 한 말이다. 이 말은 인생 중에는 '검토하는 인생'과 '검토하지 않는 인생'이 있다.

    자서전을 쓴다는 것은 인생을 검토하며 되짚어 생각해 보는 기회이다. 자서전을 쓰면서 반성하게 되고, 용서할 일들을 회상하게 된다. 용서 받을 일을 찾아 용서받을 기회를 갖기도 한다. 즉 자서전을 쓴다는 것은 살아오면서 해결하지 못했던 찌꺼기들을 스스로 씻어내는 치유와 해결의 커다란 의미를 부여해 주는 기회가 된다.

아일랜드의 유명한 극작가 조지 버나드 쇼의 묘비에는

"I knew if I stayed around long enough, something like this would happen."
"우물주물하다가 내 이럴 줄 알았지."라고 쓰여 있다.

노벨상을 탄 유명인이 남긴 말이라 믿기지 않는다. 그러나 누구나 한평생 최선을 다해 살아도 죽을 때가 되면 '좀 더 잘 살 수 있었을 텐데' 하는 후회와 아쉬움이 밀려오는 것이 당연하기에 이해가 된다.

그렇지만 후회가 나쁜 것은 아니다. 미리 자서전을 쓴다면 후회를 앞당길 수 있고, 반성하면서 여생 새로운 삶을 개척해 갈 수 있는 여유를 가질 수 있기 때문이다.

12. 자서전은 나의 하프타임이다

장수 시대가 시작되면서 은퇴 후 인생 이모작이란 새로운 삶의 사이클이 생겼다.

이모작(二毛作)이란 단일 경작지에서 서로 다른 작물을 1년에 번갈아 재배하는 것을 말한다. 같은 작물을 두 번 재배하는 이기작(二期作)과는 구별된다. 왜 이기작이 아니고 이모작이라는 단어를 사용하였을까? 그렇다, 여기엔 인생 2막은 인생 1막과 확연히 다르게 살아야 한다는 깊은 뜻이 숨어 있다.

첫째, 외부지향이 아닌, 철저히 자신을 향한 자아실현이다.

은퇴 전에는 가족부양을 위하여 직업 혹은 직장을 택해 회사인간으로 살았다. 성공하고 인정받아야 한다는 중압감에 자신은 없었다. 은퇴 후에는 잊고 있었던 자신을 되찾아 자신이 하고 싶었던 일을 하며 자신이 원하는 삶을 살아야 한다. 숨어 있는 자신의 잠재능력을 발굴하고 장점을 특화하여 자아실현을 하는 시기이다. 타인이 아닌 자신이 중심이 되어 인생을 즐기자.

둘째, 인생의 목표가 성공보다는 성장(성숙)이다.

출세하고 돈을 많이 버는 성공이 은퇴 전 인생의 목표였다면 은퇴 후에는 성장이다. 평생을 어떻게 살 것인가를 고민한 톨스토이는 "성장이란 나 자신이 더 나아지는 것, 끊임없이 더욱 나은 사람이 되어가는 것, 자신을 알고 이해하고, 자신과 좋은 관계를 맺으면서, 최선의 나를 만들어 가는 것"이며, 이것이 인생의 진정한 의미라 했다. 김형석 교수도 "나이 60이 되기 전에는 모든 면에서 미숙했다. 사람은 성장하는 동안은 늙지 않는다."라고 했다.

셋째, 채움보다 비우는 용기가 필요하다.

행복을 측정하는 행복지수는 '원하는 것'을 분모로, '가지는 것'을 분자로 표기한다. 은퇴 전에는 욕망 위주의 삶으로 살다 보니 '원하는 것'과 '가지는 것' 모두가 많았다. 은퇴 후에는 '가지는 것'이 더는 어려워진다. '원하는 것'을 줄여야만 행복지수를 높일 수 있다. 마음을 내려놓는 비움의 용기가 필요하다. 타인과의 관계에서도 높임이 아닌 낮춤, 경쟁이 아닌 나눔과 봉사, 즉 상생의 삶을 살아야 한다.

마지막으로, 지식보다는 지혜로 살자.

사람은 누구나 자기만의 아집, 편견과 고정관념의 벽에 갇혀 있다. 은퇴 전에 쌓은 다양한 지식과 경험이 자칫 이 벽을 더욱 두껍게 만들 가능성이 크다. 지혜는 삶의 과정에서 부딪히며 오랜 시행착오를 겪어야만 얻을 수 있는 통찰력이다. 지금까지 터득한 연륜의 가치인 지혜를 전수하고, 삶을 풍요롭게 해주는 어른의 역할을 해야 할 시기이다.

은퇴한 어르신들은 움직이는 백과사전이다. 재취업은 경제적 측면에서도 중요하지만 의미가 없으면 금방 한계에 부딪힌다. 인생 전반부에 쌓은 경험을 사회와 나눠야 활기차고 건강한 인생 하반기를 맞이할 수 있다.

우리가 즐겨 이용하는 해외여행에는 패키지여행과 자유여행의 두 가지 방식이 있다. 모든 일정을 내 맘대로 할 수 있는 자유여행이 좋기는 하나 사전에 충분한 준비 없이는 여행할 수 없는 제약이 따른다. 우리 인생도 비슷하다. 은퇴 전에는 연령대별로 진학, 취업, 결혼, 자녀 성장과 독립이라는 생애 목표가 있어 남의 눈치 보며 적당히 따라다니면 되는 패키지여행이다. 은퇴 이후에는 보편적인 생애 목표가 존재하지 않아 다르다. 스스로 삶의 목표를 설정하고 실행 계획을 수립해 자기 주도형으로 살아야 하는 자유여행이다.

요즘은 하루가 멀다고 하고 사방팔방에서 '노인 문제'를 이야
기한다. 그렇다 보니 아무런 죄도 없으면서 어느 사이 69세 '노
인이 돼 있다'라는 사실은 마치 내가 이 사회에 무슨 죄를 지은
것처럼 몸 둘 바를 모르게 만든다. 우리나라 속담에 '좋은 소리
도 한두 번 들으면 싫다.'고 했는데 말이다.

백세시대의 은퇴는 '반퇴'라고 한다. 평균수명은 계속 증가하고
있으나 은퇴 시기가 빨라지면서 은퇴 후 새로운 인생 설계가 가
능해졌기 때문이다. 그러나 여전히 베이비부머를 중심으로 많은
사람이 노후생애 설계에 어려움을 겪고 있다. 노후를 어떻게 보
내는 것이 잘사는 것인지에 대한 사회적 규범도 아직 확립돼 있
지 않을 뿐만 아니라, 정보도 부족하기 때문이다.
경제적인 부분에 대한 준비만 필요한 것이 아니다. 건강, 대인
관계 등에 대한 준비도 동반돼야 할 것이다.

고사성어 중에 유비무환(有備無患)이라는 말이 있다. '미리 준
비해 두면 근심할 것이 없다'는 의미이다. 우리 스스로가 '일찍
이 노후의 생애를 준비할 수 있도록 한다면, 그 노후는 새로운
성장을 위한 출발점'이 될 것이다. 즉 '유비노환(有備老患)'이다.

자서전 쓰면서 자신을 향한 자아실현을 발견하고, 인생의 진정한 의미인 성장을 깨닫게 되고, 채움보다는 비우는 겸손을 배우며, 삶의 지혜를 나누어 주는 통찰력과 풍요로운 삶을 영위할 기회가 된다.

13. 자서전을 쓰면
열등감, 트라우마가 다스려진다

열등감이란?

열등감에 차 있는 사람들의 구체적인 특징을 살펴보면 다음과 같다. 혹시 주변에서 다음과 같은 특징들을 보이는 사람이 있다면 그 사람은 열등감이 속에 많이 끼어 있다고 해석할 수 있다.

첫째, 자신과 관련된 표현이 자학적이다.

이는 특히 온라인 환경에서의 본인의 ID나 별명, 또는 아바타(캐릭터)의 이름 등을 보면 자주 나타난다. 자신의 닉네임 또는 자기 캐릭터의 이름이 자학적인 쪽으로 부정적이라면 열등감을 강하게 느끼고 있음을 추정할 수 있다. 그 까닭은 닉네임이나 아바타의 이름은 본인을 대변하는 일종의 가면이기 때문에 자신의 관심 분야나 내면, 무의식적 사고 등이 쉽게 반영되기 때문이다.

둘째, 남의 과오를 찾았다면 이를 자신이 상대적 우위에 설 기회로 삼는다.

인간은 누구나 남들에게 인정받고 싶어 하는 심리가 기본적으로 있다. 제아무리 부정적이고 자학적인 사람이라 할지라도 그 내면에는 타인에게 인정받고자 하는 마음이 깔려있다. 그렇기 때문에 인정받을 기회가 생겼다고 판단하면 여기에 지나치게 집착한다.

상대방이 자신보다 사회적 위치가 높다던가 혹은 자신은 예체능인데 상대는 영어나 수학도 잘하고 그쪽에 자신 특유의 무기가 있는 경우에는 그게 더 심각해진다.

셋째, 과거에 좋지 않은 기억이 있다.

이는 첫째와 둘째의 원인이 되는 경우가 많다. 주로 어린 시절, 가정불화가 있었다거나 학대 또는 따돌림을 당했다거나 하는 모종의 이유로 내면에 깊이 열등감과 자학심이 자리 잡는다. 성인이 되어 겪는 이러한 문제들은 그래도 혼자서 극복이 가능하지만 어린이에게는 전혀 다르다. 한창 심리와 지능을 형성해 나가는 나이에는 주변의 모든 환경이 본인의 인격 형성에 영향을 미친다. 그렇기 때문에 어린 시절에 겪은 부정적인 기억은 성인이 되어서까지 무의식적으로 각인되어 고착되는 경우가 많다.

사람마다 차이를 보이긴 하지만 겉보기에는 밝고 순수하고 외향적인 것 같아도 내면은 어둡다던가, 혹은 쉽게 마음에 상처가 생긴다던가 하는 경우도 있고, 심하면 조금의 흠집도 못 견디고 다른 사람의 뒤에서 욕을 하는 경우도 꽤 된다.

트라우마란?

트라우마, 심리적 외상이란 자신이 감당할 수 없는 충격적인 사건을 경험한 후에 일어나는 몸과 마음의 부적응적 반응을 말한다. 이런 경험을 하면 안전감이 완전히 무너지고, 사람과 세상에 대한 신뢰가 산산이 부서지게 된다. 또한 감당할 수 없는 압도적인 감정에 휩싸이게 되어 이성적 사고가 마비되고 내 몸과 마음 생각이 내 뜻대로 되지 않는 경험을 하게 된다. 여기서 하나 기억해야 할 것은 이 충격적인 사건이라고 하는 것이 철저히 주관적인 관점이라는 것이다. 똑같은 사고를 경험해도 어떤 사람은 외상후 스트레스 반응을 보이고 다른 사람은 상대적으로 쉽게 충격을 극복하는 사람도 있다. 세월호 사건 이후로 트라우마, PTSD(외상후스트레스장애)라는 말이 너무 일반적으로 쓰이고 있다, 우리가 치료를 제대로 하기 위해서는 진단을 정확히 내릴 필요가 있다.

PTSD(외상후스트레스장애) 환자의 특징을 보면

1. 안전감이 무너졌다.

2. 신경계가 압도되어 감정을 조절할 수 없다.

3 자신의 몸과 마음에 대한 통제력을 상실한 느낌이 든다

4. 이러한 자신에 대한 수치심을 느낀다.

5. 의식 또는 인격에서 분리(해리) 현상이 일어난다.

이것이 트라우마 환자를 진단하는 데 있어 가장 중요한 요소
들이다. 위와 같은 열등감과 콤플렉스, 트라우마 같은 증상들을
자서전 쓰기에서 솔직하고 당당하게 표현하는 글을 쓰면서 자신
에게 있는 증상을 다룰 줄 아는 지혜를 터득하게 된다. 곧 자서
전 쓰기를 통해 정복하고 다스릴 수 있는 기회를 가질 수 있다.

14. 자서전 쓰기는
공자에게 배우는 노년의 삼행법칙이다

척박한 땅에서나, 험한 기후에서도 늘 환하게 피어나는 민들레의 꽃의 꽃말은 '감사하는 마음' 인 것처럼 우리의 삶도 닮은 꼴이다. 나의 삶이 척박한 땅에서 살아온 민들레의 삶 일지라도 뒤돌아보고 기억하여 기록하는 자서전을 쓰다 보면 아름다운 추억이었음을 느낀다.

공자에게 배우는 노년의 삼행 법칙
제 일 법칙, 배우고 활용해라
제 이 법칙, 평생 동지가 있는가?
제 삼 법칙, 스스로 배우는 삶을 살아라

제 일 법칙, 배우고 활용해라

공자의 논어 첫 문장은 "학이시습지 불역열호(學而時習之 不亦說乎)"이다. 논어를 읽지 않은 사람도 알고 있는 이 유명한 문장은 '배우고 그것을 때때로 익히니 기쁘지 않겠는가'로 해석된다. 공자는 어떻게 공부하였기에 공부를 통해 괴로움이 아니라 기쁨을 얻은 것일까? 대체 배우고 익히는 공부가 무엇이었길래? "군자는 먹을 적에 배부름을 구하지 않으며, 거처할 적에 편안함을 구하지 않으며 일을 민첩히 하고 말을 삼가며 도가 있는 이에게 찾아가서 질정한다면 배움을 좋아한다고 이를 만하다." 공자의 말이다. 공자에게 배움은 먹고, 자고, 말하는 일상 속에서 벌어지는 일이었다.

일상이 공부가 되려면 어때야 할까? 아마도 기질, 성향, 버릇과 몸의 운용방식을 바꾸는 것을 중시하지 않았을까? 공자는 그의 제자 안연의 어떤 점을 높이 평가했을까? 안연이 학문을 좋아한다고 평가한 근거는 그가 시를 얼마나 많이 암송하는지, 책을 얼마나 읽었는지에 있지 않았다.

놀랍게도 "자신의 화를 남에게 옮기지 않고, 잘못을 반복하지 않았기 때문에" 학문을 좋아하는 제자라고 칭찬하고 자랑하였다. 우리가 '공부를 좋아한다'고 생각하는 경우와 참으로 다르지 않은가?

○○복지관에서 자서전 쓰기를 하는데 강의를 시작하자마자 어르신들이 질문하신다.

"선생님, 어떻게 써요? 쓸 수 있을까요?" 거의 이런 질문을 하신다. 3회기 쯤 돼서는 모두 열심히 쓰고 계신 모습으로 변해 있다. 쓰신 글을 서로 나누는 시간에는 손뼉을 치며 박장대소를 하고, 코를 훌쩍이며 눈물을 흘리기도 하는 소통 공감의 장소로 변해 간다.

글을 쓰는 연습이 학습되고, 지속적인 학습을 통해 자서전을 완성하게 된다. 배우며 실천하는 자서전 쓰기는 나다움의 삶을 돌아보며 마음에 감사로 채우는 배운 것을 활용하는 작업이다. 배우며 살아간다는 것은 삶의 의미를 매 순간 깨닫는 것이다.

자기다운 빛깔과 방식으로 생각하고, 선택하고 행동하는 삶을 그려내는 일이 곧 자서전이다. 우리에게 배움이 멈추면, 삶도 멈추고 만다.

제 이 법칙 평생 벗이 있는가?

요즘, 그 사람의 친구를 보면 그 사람을 알 수 있다는 말이 회자되고 있는 것 같다. 가깝게 지내는 친구가 어떤 사람인지를 보면, 그 사람의 됨됨이를 제대로 평가할 수 있다는 것이다. 같은 무리끼리 서로 사귄다는 '유유상종'이라는 말이 정말 맞다. 사실 친구 또는 벗이라는 단어는 우리에게 매우 친숙한 단어지만, 여러 가지 중요한 의미를 담고 있다.

그 의미를 숙고해 보면, 새삼 친구, 벗의 중요성을 깨닫게 된다. 친구라는 한자어는 親(친할 친), 舊(옛 구)이다. 뜯어 보면, 친은 '가까이서 보다'라는 뜻이고, 구는 '오래 되었다'는 뜻이다.

그러므로 친구란 가까이서 오래 두고 보는 사람이라는 의미가 된다. 벗이란 뜻의 한자어 友(벗 우)는 열 십과 또 우로 이루어져 있다. 따라서 여러 번을 만나도 또 만나고 싶은 생각이 들어야 진정한 벗이라는 의미로 함축되어 있다. 흥미롭게도 인디언들에게 친구란, "내 슬픔을 자기 등에 지고 가는 사람"이라는 뜻이라고 한다.

이러한 의미의 진정한 친구, 좋은 벗은 정말 중요하다고 할 수 있다. '근묵자흑'(近墨者黑)이라는 유명한 말이 있다. 검은 먹과 가까이하면 자신도 검어진다는 뜻이다. 비슷한 말로 미국 속담에는 "개들과 함께 눕는다면 벼룩에 물려 깨어날 것이다."라는 말이 있다. 나쁜 친구들과 어울리면 자신도 나쁜 영향을 받는다는 말이다.

이와는 반대로 '마중지봉'(麻中之蓬)이라는 말이 있는데, "삼밭에 나는 쑥"을 가리키는 말이다. 삼밭에 나는 쑥은 삼의 좋은 영향을 받아서 곧게 자란다는 의미이다. 가까운 친구로부터 좋은 영향을 받을 수도 있다는 것이다. 이러한 말들은 모두 친한 동료로부터 영향을 받아 행동이나 사고 방식이 비슷해진다는 '동료 효과'를 강조하고 있다. 이러한 동료 효과 때문에 유대인들의 탈무드에서는 "친구를 찾을 때는 한 계단 올라서서 찾으라"라고 교훈한다.

자신과 비슷한 수준의 친구가 아니라, 자신을 한 단계 더 성숙시키는 데 도움이 되는 친구를 사귀라는 뜻이다. 물론, 그렇게 하기가 결코 쉽지 않을 것이다. 하지만 자신을 한 단계 더 성장하게 하는 진정한 친구를 사귀기 위한 노력과 정성은 가치 있는 투자가 될 것이다. 우리는 인적 네트워크를 너무나 쉽고 활발하게 맺을 수 있는 시대에 살고 있다.

그러나 아쉽게도 진정한 친구, 좋은 벗을 꼽으라면 막상 떠오르는 사람이 별로 없다. 의지할 수 있는 진정한 친구 세 명만 꼽을 수 있어도 성공한 사람이라고 하는데, 한때 가까웠던 친구들마저 연락이 끊기거나 점점 멀어지는 경우가 생긴다. 어느 작가가 말한 것처럼, 우정은 항상 손질해 두어야 한다고도 했다. 나에게 진정한 벗이 있다는 것은 내가 어떤 사람이 되고자 하는가를 판단하는데 중요한 척도가 된다.

함께 모여서 삶의 스토리를 글로 써서 서로 읽으면서 나누는 모임이 자서전 쓰기이다. 넉 달 가까이 한 주에 한 번씩 만나서 나다움의 희로애락의 인생 스토리를 나누면서 울고, 웃고, 공감하고 아파하다 보니 진정한 감성을 깨운 고귀한 인성을 나눈 벗이 된다.

자서전을 출판 한 지 삼 년이 지났어도 아침마다 카카오톡방문을 열고 안부를 전하고 묻는 기품있는 인성을 깨우는 벗들이다. 자서전 쓰기는 인문학 중의 인문학이고 품격있는 인성을 깨우는 인성의 꽃을 피우는 산실이다.

정한 벗은 아무리 오랫동안 사귀어도 사이가 틀어지는 법이 없다. 일시적으로 불화가 생기더라도 다시 마음이 통하게 된다.

제 삼의 법칙, 스스로 배우는 삶을 살아라

누가 만들어 주는 행복이 아닌 스스로 만들어 가는 행복이다. 이제 인생 100세 시대라 한다. 요즘에는 어지간해서는 환갑잔치는 하지도 않는다. 우스갯소리로 60대는 청춘이라고도 하고, 일흔은 넘어야 경로당에 다닐 수 있다고 말할 정도다. 대한민국도 고령화 사회로 접어든 지 오래됐다.

자서전을 쓸 수 있는 어르신들이라면 우리 사회에서 더 많은 역할을 할 수 있으리라 기대한다. 어르신들의 일자리 창출과 경제활동, 그리고 여가와 복지에 대한 지원이 점차 확대되고 다양화되어야 한다는 생각이 든다. 어르신들이 삶의 보람과 행복을 느낄 수 있도록 이제 우리 사회가 더 많이 고민하고 행동해야 할 때이다. 공자는 배움에 그치지 말고 실천하는 것이 학습의 완성이라 말했다. 실천을 통해서 학습의 진정한 기쁨을 느끼게 된다.

실천해야 할 내용은 효(孝), 제(弟), 신(信), 애(愛), 친인(親仁)이다. 즉 효도하고, 공경하고, 미덥게 하며, 사랑하고, 어진 사람과 친하게 지내라는 뜻이다. 공자는 여기에다 추가하여 실천하고 남은 힘이 있으면 글을 배우라(學文)고 가르쳤다. 이와 같은 실천은 일상 속에서 쉽게 할 수 있는 것들이다. 인(仁)을 깨우치는 것이 대단한 노력이 필요한 것이 아니라 일상에서 가능하다는 의미다. 유학에서 학습의 가장 중요한 목적 중의 하나가 내가 먼저 지혜(知)를 얻어 그 에너지로 타인을 아끼고 사랑하는 인(仁)을 실천하는 것이다.

군자는 경쟁하지도 않고 이기는 법을 아는 리더와 같다. 내가 내 삶의 주체가 될 때 경쟁은 무의미해지고 비로소 경쟁이 필요 없는 사람다운 삶을 살 게 된다.

자서전을 쓰면서 나만의 버킷리스트를 기록하는 시간은 과연 나다운 삶을 사는 삶이 어떠한 삶인지를 생각하게 하는 품격있는 인성의 열매를 맺기 위한 하프타임이다.

자서전 쓰기는 품위 있게 나이 드는 법을 스스로 배워서 넉넉한 성품의 고귀한 인성을 다음 세대에 전수해 줄 수 있는 아름다운 인품을 갖추는 노년을 위한 품격 인문학 배움터이다.

2부. 어떻게 자서전을 쓸까

15. 자서전 쓰기는 이렇게 시작한다

글을 쓰기 위해서 책상에 앉아본 적이 있다. 하지만 하얀 종이 (혹은 컴퓨터 화면)만 보면 곧바로 벽에 부딪혀버린다. 어디서부터 무엇을 어떻게 시작해야 할지 막막하기 때문이다.

무엇을 쓸 것인지, 어떻게 쓸 것인지는 글쓰기에서 가장 궁극적이고도 중요한 문제다. 자서전 쓰기의 경우, 글쓰기의 재료는 당연히 '나의 삶'이다. 오히려 재료가 너무 많아서 무엇을 쓸지 골라야 한다. 생각나는 대로 썼다가 빼먹거나 왜곡하는 것은 없는지, 막연하게 쓰다 보면 끝이 나기는 할지 알 수 없다. 그래서 자서전을 쓰기 위해서는 '무엇을', '어떻게' 쓸 것인지 정하고, 구체적인 작성 단계를 따라 적어야 한다.

그렇다면 자서전 쓰기 전 준비하기 과정을 알아보자.

1. 연보 작성하기

연보 작성은 자서전 쓰기에 있어서 그 실질적인 출발점이라고 할 수 있다.

'연보(年譜)'를 국어사전에서 찾아보면, "사람이 한평생 살아온 내력이나 어떤 사실을 연대순으로 간략하게 적은 기록."이라고 설명하고 있다. 다시 말해 사람이 사는 동안 겪은 일 또는 일어난 사건들을 시간순으로 정리한 것이 연보이다.

연보 작성에는 특별한 기술이나 글쓰기 능력이 요구되지 않는다. 메모 형식으로 쓰면 된다. 출생에서부터 하나하나 자신의 삶에서 일어난 일들을 떠올리면서 메모하는 것이다.

2. 키워드 뽑기

내가 직접 나를 설명하는 키워드를 뽑기 위해서는 어떻게 해야 할까?

다행히 우리는 연보를 쓰면서 지금의 내가 어떤 과정을 거쳐 어떻게 살아왔는지에 대해 개략적으로 더듬어보았다. 나 자신이 어떤 사람인지에 대한 인식이 구체적으로 기억해 보았다. 그러니 연보를 바탕으로 나를 설명할 수 있는 단어들을 뽑는 것이 효율적이다.

일단 연보를 보면서 나를 설명할 수 있는 단어들을 찾아서 종이에 적어 본다. 연보 내용에 관련해서 연상되는 단어들도 함께 적어 본다. 아주 특별한 단어나 의미심장한 키워드가 아니어도 좋다. 시골 출신, ○○대생, 경제학과, 하숙, 영업사원, 아버지, 친구, 애주가, 등산 애호가……. 억지로라도 하나둘 메모하다 보면 어느 순간 봇물 터지듯 단어들이 쏟아진다. A4 용지 한두 장으로 감당이 안 될 만큼 나를 설명하는 단어들이 엄청나게 많다는 것을 발견할 수 있다.

3. 자기소개서 쓰기

연보 작성과 키워드 뽑기를 통해 내 삶이 많이 구체화 되었다. 처음 우리가 부딪혔던 '무엇을', '어떻게' 쓸 것인가에서 '무엇을' 부분은 해결된 것이다. 다음에는 '어떻게 쓸 것인가'의 문제가 남았다. 여기서 가장 먼저 고려해야 할 부분은 '어떤 관점에서 쓸 것인가'이다. 그냥 막연하게 '내가 나에 관해 쓴다'는 입장으로는 만족할 만한 자서전을 쓸 수는 없다. 쓰는 사람의 입장이 뚜렷하게 정립돼 있어야 모든 관점이 일관되게 흐를 수 있다.

자서전 전체의 흐름을 이끌어갈 수 있는, 나에 대한 관점을 찾아내는 가장 좋은 방법은 '지금의 나'에 대한 관점을 정리한 글을 한 편 쓰는 것이다. 지금의 내가 누구인지 알려주는 글이니 이 글을 '자소서(자기소개서)'라 하겠다.

다만 우리가 쓸 자소서는 대학입시 자소서나 취업 자소서처럼 다른 사람에게 나를 소개하는 글이 아니다. '지금의 나'가 누구이고 어떤 사람인지를 '나 자신'에 게 소개하는 글이다. 따라서 '지금의 나는 누구인가'라는 질문에 답하는 형식으로 쓰는 것이 좋다.

4. 기획

기획단계에서는 많은 이야깃거리를 어떤 순서로 늘어놓을지, 각각의 이야기에 어떤 주제를 담을지 등을 개략적으로 결정한다. 기획은 자서전 집필의 이정표와 같다. 기획서가 없을 때 가장 흔하게 부딪히는 난관은 시대 열의 문제이다. 어떤 화제에 몰입해서 쓰다 보면 이야기가 시대별로 일관성 있게 흐르지 않고 뒤죽박죽 얽힐 가능성이 높다.

기획이라는 작업을 통해 자서전의 구조를 미리 짜고 어느 위치에 어떤 소재를 어떻게 배치할 것인지 미리 계획을 세워두면 자서전 작성에서 원했던 방향으로 나아갈 수 있다.

이렇게 자서전을 쓰는 내용에는 참회와 용서가 있어야 한다. 내가 남에게 죄지은 것은 용서를 구해야 할 것이고, 남이 내게 죄지은 것은 용서해줘야 할 것이다. 기독교의 주기도문에는 "우리가 우리에게 죄지은 자를 사하여 준 것 같이 우리의 죄를 사하여 주옵소서."라는 대목이 있다. 최대한 자신에게 솔직해질 때 그가 쓰는 자서전은 공감을 불러일으킬 것이다.

자서전을 쓰면서 이처럼 참회하는 글쓰기를 함으로써 우리가 사는 이 사회가 더 깨끗해지고 살만한 세상이 될 수 있기를 기대한다.

16. 자서전을 쓸 때 망설이지 마라

모든 사람의 삶은 특별하다. 특별하지 않은 인생은 없다.

자신의 이야기를 책으로 쓰면 12권도 더 쓸 수 있을 것 같은데, 막상 도전하기가 쉽지 않다. 내 삶이 내 머릿속에만 있으면 아무런 소용이 없다. 자기 이야기를 쓰는 것이기에 겁먹을 필요가 없다. 그것이 언제든, 내 인생의 첫 기억부터 시작하면 된다. 그다음에 두 번째, 세 번째, 네 번째 기억을 꺼내면 된다. 그렇게 당신의 인생이 줄줄이 나오는 것을 글로 기록하면, 그것이 자서전이 된다. 그 과정에서 '내게 이런 일이 있었네'라며 희열도 맛볼 수가 있다. 한 어르신은 자서전을 쓰면서 젊은 시절 일본 여성과 사랑했던 추억을 떠올렸는데, "어떻게 잊고 살았지?"라고 말하는 그 얼굴에서 큰 기쁨을 엿볼 수 있었다.

자서전은 특별한 사람만 쓰는 것이란 고정관념도 있다.

특별하지 않은 인생이 있나? 남이 보기에 특별해 보이지 않을 수는 있지만, 당신은 책으로 12권을 엮어도 모자랄 정도로 특별한 삶을 살아오지 않았나? 자서전은 유명하거나 돈 많은 사람만 쓰는 것이 결코 아니다. 임대아파트에 살며 28년째 당뇨로 투석 중인 남편을 돌보며 파출부로 일하는 보통 어르신의 '소중한 하루 또 하루'가 쌓인 그 인생은 그 어떤 유명인의 삶보다 우리에게 많은 교훈을 남긴다. 과거를 기억할 수 있다면 누구나 자서전을 쓸 수 있다.

글쓰기가 어렵다는 생각 때문에 망설여진다.

글을 쓰지 못하는 것이 아니라 글을 써 본 시간이 얼마 안 되는 것이다. 그렇지만 우리의 두뇌에는 말에 대한 체계가 프로그램되어 있다. 글이라는 것은 말을 종이에 옮겨 적는 것이라고 볼 수 있기에 말을 할 수 있는 사람이면 글을 쓸 수 있다. 자서전 강의를 할 때 주제를 주고 글을 쓰리고 하면 머뭇거리다가 쓰기 시작하면 거의 다 써낸다. 글쓰기를 두려워하지 말고 자연스럽게 받아들여서 지속해서 쓰면 누구나 훌륭한 글을 쓸 수 있다.

과거를 잘 기억해내지 못하기 때문에 망설여진다

제공해 주는 질문을 선택해서 생각나는 대로 기록하는 과정이 중요하다. 태어나서부터 지금까지의 삶을 나이, 연도, 가족, 사회 환경 등으로 나눠 키워드를 정리해 보자. 그 키워드는 자신(나)을 포함해야 하고 거짓이 없어야 한다. 키워드를 정리한 후에 살을 붙여나가면 되는데, 맞춤법이나 문장 구조, 사건의 순서 등을 신경 쓰지 말고 기억나는 대로 기록하면 된다. 그것들은 나중에 다시 들여다보고 수정하면서 퍼즐을 맞추듯 맞춰 나가면 되니까. 자서전은 나를 위해 쓰는 것이니 글을 쓰면서 누구에게 보여줄 필요도 없다.

과거의 고통스러운 기억을 하기 싫어서 망설여진다.

그러나 '솔직하게 쓰겠다'는 마음의 준비가 가장 중요하다. 사실 나도 자서전을 쓸 때 숨기고 싶은 것이 있었다. 그런데 나를 살살 달래며 진실한 나와 마주하니 그 글이, 내 인생이 더 탄탄해졌다. 그것이 혹여 문제가 되거나 부끄러움이 되지 않을까, 지금 잣대로 보면 옳지 않은데라며 걱정할 필요도 없다. 삶의 모든 것을 진실하게 쏟아내서 쓰면 된다.

물론 그중 일부는 출판과정에서 사라질 수도 있다. 그래도 자서전을 쓸 때는 진실해야 한다. 기억하기 싫은 과거의 고통이 현재의 나와 자손들에게는 누구도 줄 수 없는 감동과 교훈이 되기 때문이다

그래도 실제 자서전을 쓰는데 두렵다면

자서전 쓰기 관련 강의를 할 때 내가 강조하는 것이 하나 있다. 바로 매일 한 줄이라도 쓰라는 것이다. 이순신 장군의 난중일기도 보면 한 줄 한 줄이 모여 완성이 된 것이다. 매일 반복적으로 쓴 그 한 줄이 모여 당신의 인생이 되고 미래가 된다. 밭을 갈고 씨를 뿌리지 않고는 농사를 지을 수 없듯이 우선 한 줄이라고 쓰는 것이 중요하다.

자서전을 쓰고 나면 글 쓰는 맛도 알게 된다. 그러면 그다음에는 수필, 전문 서적 등을 쓰는 것에도 도전해 볼 수 있다. 자서전 쓰기는 풍성한 인생 2막을 위한 단초가 된다.

17. 자서전은 인생에 어떤 도움이 되는가

○○복지관에서 자서전 쓰기를 한 어르신은 "세상의 희로애락 속에서 미지의 세계를 향하여 살아가는 동안 삶의 위기라는 불청객은 누구나 만난다. 그 위기를 기회로 삼아 넘어진 자리에서 일어난 적도 있었고, 절망하고 넘어진 적도 있었지만, 돌아보며 자서전을 쓰면서 생각해 보니 위기를 통해 내 삶의 변화를 추구했던 일들이 하나님의 선물이고 축복이었다."라고 고백한다.

자서전 쓰기는 노력과 기다림 속에서 완성할 수 있는 동기부여가 있어야 한다. 자서전을 쓰면서 자신에게 긍정적인 도움이 있다고 생각하면서 글쓰기를 계속하면 끝까지 스스로 수행할 수 있는 효과를 누리게 된다.

자서전 쓰는 사람이 얻어지는 긍정적인 도움은

첫째, 기억력이 개선되는 효과이다.

글을 쓰는 작업은 섬세한 정신력을 요구하기 일이기에 사고하는 능력과 논리력이 향상된다.

글을 쓰는 동안 두뇌는 글의 스토리를 전개하는 그림을 그리게 되므로 두뇌가 매우 활성화된다. 자신의 과거를 기억하는 작업이 주를 이루기 때문에 기억을 떠올리는 지속적인 연습이 기억력 개선에 효과가 있다.

둘째, 심리 치유의 효과를 탁월하게 경험한다.

트라우마에 대한 글쓰기를 하고 서로 발표를 하면서 후련함과 치유의 기쁨을 동시에 누릴 수 있게 된다. 마음의 고통을 수다로 풀어내는 것보다 자서전 쓰기를 통해 밖으로 내뱉는 것 같은 효과를 긍정적인 영향을 준다.

셋째, 삶의 가치와 의미를 발견한다.

자서전을 쓰면서 자신을 세밀하게 돌아보며, 지난날의 여러 사건을 분석 평가하게 된다.

결과적으로 새로운 인생을 설계하게 되고, 삶에 가치를 발견하여 의미 있는 흔적을 남기기 위한 노력을 하게 되는 동기부여를 통해 스스로 원하는 삶의 목적을 발견하게 된다.

지난날을 회상하면서 이야기꽃을 피우듯이 자서전을 쓰는 글쓰기는 값진 시간이 된다.

18. 자서전의 오해를 버려라

자서전을 쓰고 싶어서 오신 분들이 '제가 살아온 인생은 자랑할 것도 교훈 될 만한 것도 없는데 자서전을 쓸 수 있을까요?'라는 질문을 여러분이 하신다. 일반석으로 사서선에 대한 오해와 선입견을 가진 분들이 많은 것을 현장에서 본다. 이러한 오해를 풀고 자서전 쓰기 과정을 자신 있게 수행하기를 기대한다.

자서전은 정치인만 쓴다?

자서전은 그동안 은퇴한 정치인이나 유명인들이 써 왔기 때문에 특별하게 내세울 것이 없으면 자서전 쓰기를 꺼려 한다. 그것은 오해다. 미국에서는 이미 오래전부터 회고록이 하나의 장르, 카테고리가 될 정도로 탄탄하게 진행되고 있다. 일본도 우리나라보다 베이비부머들의 은퇴를 일찍 맞이했기 때문에 지금 나의 역사서 쓰기가 유행처럼 번지고 있다.

나는 특별한 일을 겪으며 살지 않았는데 자서전을 써도 되나?
우리가 살면서 첫 직장 가던 날, 첫 월급 받던 기억, 배우자를
만나던 순간, 첫 아이를 품에 안아보던 순간의 일들이 나만의
특별한 일들이다. 그 누구라도 이런 일들은 모두 고유하고 특별
하다. 오랜 시간 동안 기억하면서 펼쳐보던 나만의 영상들을 기
록하는 것이다.

글을 써 본 일이 없는데 자서전을 쓸 수 있을까?
스마트폰으로 카카오톡을 보낼 수 있는 사람, 메모를 할 수 있
는 사람, 페이스북이나 블로그를 할 수 있는 사람처럼 한글을
읽고 슬 수 있는 사람이라면 누구나 글을 쓸 수 있다. 나의 회
고록인 자서전을 쓸 수 있는 사람은 나 자신이기에 나의 삶을
기록하는 유일한 작가임을 인정하고 자서전을 쓰면 된다.

연대기를 기억하여 생각해 보라고 하는데 정리가 안 되는데 자서
전을 쓸 수 있나?
구체적으로 몇 년도에 무엇을 했나를 기억하기란 어렵다. 나의
삶의 회고록을 쓰는데 수치나 근거를 쓰는 것보다 내가 살아온
삶의 이야기를 진실하게 쓰기만 하면 된다. 쓸 수 있는 것은 쓰
고 생각이 안 나는 것은 안 써도 된다. 내가 경험한 것에서 시

작하는 나의 삶의 이야기이기 때문에 자서전 쓰기는 매력적이다. 일차적인 오해를 풀고 시작하기만 하면 나의 자서전을 자신 있게 쓸 수 있다.

자서전은 유명인들이나 쓰는 것이다?

자서전 쓰기는 유명인들의 전유물이 아니다. 누구나 쓸 수 있고, 누구나 써야 한다. 자기의 인생에 대해서 되짚어 보며 생각하며, 용서와 참회의 기회를 주는 자서전 쓰기에 많은 사람이 참여한다면 더 나은 세상이 된다.

나이가 든 사람이 쓰는 것이다?

미국의 전 대통령 오바마는 《내 아버지로부터의 꿈》이라는 자서전은 하버드대학에서 발행하는 법률 잡지의 편집장을 하던 삼십 대 초반에 낸 자서전이다. 그 자서전의 내용을 보면 자서전이 갖추어야 할 모든 요소를 다 갖추고 있다.

자서전은 인생을 정리하는 단계에서 쓰는 것이다. 오히려 중장년층의 사람들이 자서전을 쓴다면 인생을 중간 점검하는 하프타임이 되기 때문에, 이후의 삶에 대한 계획이 더 뚜렷해지는 작전타임이 되는 것이다. 자서전을 쓴 사람은 세상을 대하는 태도와 깊이, 세상을 바라보는 시선 등이 달라진다.

책 한 권의 분량이 되어야 한다?

책을 쓰려면 대부분의 사람은 책이라면 이백여 페이지 이상이 돼야 한다고 생각한다. 책은 두꺼운 책도 있고 얇은 책도 있다. 얇은 책이라도 책의 가치는 분명히 있다. 그러므로 책의 분량에 대해서 염려하지 말고 무조건 자서전을 쓰기만 하면 완성할 수 있다.

과장해서 쓸까, 비난받으면 어떡하나?

자서전 쓰기는 나의 진솔한 이야기이다. 실수한 것이든, 부끄러운 이야기든 솔직하게 쓴 내용이기에 읽는 사람들이 감동한다. 자서전의 대가인 프랭클린, 마크 트웨인의 자서전에도 말썽꾸러기인 자신의 어린 시절 이야기를 기록하고 있다.

사소한 이야기를 쓴 자서전이라서 비난받을 것 같은 생각이 들 수 있다. 남의 평가를 두려워하지 말고 솔직하게 쓰면 읽는 사람도 솔직해지기 때문이다. 나의 이야기를 쓰는 것이기에 나의 인생은 나의 삶이다. 혹 문제가 될 이야기가 있다면 쓰지 않으면 된다.

재미있게 써야 할텐데?

자서전은 많은 독자를 기대하며 쓰는 책이 아니다. 나의 사소한 기억을 기록하는 것이기에 독자를 배려해서 쓰는 게 아니고 나 자신을 위해 쓰는 책이다. 자서전 쓰기는 다른 문학 작품들과 다른 특별한 장르로 볼 수 있다. 재미없는 부분도 있을 수 있고, '이런 내용을 왜 썼을까?' 하는 의문이 가는 내용도 있을 수 있다. 이런 것들이 자서전 쓰기가 다른 글쓰기와의 다른 독특함이다.

19. 자서전은
카카오톡만 할 줄 알아도 쓸 수 있다

'평범한 사람들의 자서전'이 뜨고 있다. 유명인의 성공담만 늘어놓는 이야기는 이제 사람들의 마음을 움직이지 못한다. 반면 인생의 성취와 실패, 기쁨과 좌절을 있는 그대로 보여주는 자서전은 독자에게 진정한 공감과 성찰의 시간을 준다.

단지 읽는 것만이 아니라 자서전 쓰기도 함께 인기를 얻고 있습니다. 인터넷 검색창에 '자서전'이라 검색하면, 연관검색어로 '자서전 쓰는 법', '자서전 대필'이 뜨는데, 그만큼 사람들이 자서전 쓰기에 관심이 많다.

한국도서관협회는 '길 위의 인문학' 사업을 통해 여러 도서관에서 '자서전 아카데미'를 운영하고 있다. 자서전 쓰기는 내 삶을 오롯이 돌아보고 앞으로의 삶의 방향성을 생각할 최고의 기회다. 자서전 쓰기를 위한 가장 친절한 가이드도 많이 찾아볼 수 있다. 이렇게 자서전 쓰기가 열풍이지만, 자서전을 쓰고 싶어도 선뜻 엄두를 못 내는 사람들도 많다. 대부분 글쓰기에 자신이 없는 사람들이, 한두 페이지도 아니고 책 한 권 분량 글쓰기이니 부담스러운 것도 사실이다.

하지만 《나의 인생 이야기 자서전 쓰기》의 저자 조성일은 카카오톡만 할 줄 알아도 할 수 있는 것이 글쓰기라고 말한다. 카카오톡으로 의사소통하는 것은 우리가 생각하는 것만큼 많이 다르지 않다. 현대인들은 이미 문장을 통해 의사소통하는 데에 익숙하다. 더구나 내가 가장 잘 아는 내 삶에 대한 이야기를 쓰는 것으로, 필요한 준비를 하고, 체계적인 과정을 거쳐 차근차근 접근한다면 누구나 자서전을 쓸 수 있다.

자서전 쓰기는 나만 알고 있는 내 삶을 기록으로 남기는 일이고, 살면서 쌓아온 아픔을 털어내고 나를 치유하는 일이다. 가장 중요한 것은 자서전 쓰기를 통해 진정한 나를 만날 수 있다는 것이다.

미국의 링컨 대통령이 참모들과 회의를 하고 있을 때 유난히 의견 충돌이 잦은 참모가 있었다. 회의를 마치고 참모들이 다나간 후에 링컨은 자신과 격하게 대립했던 참모에게 편지를 썼다. 그 편지에는 심한 욕도 적었는데, 그러나 그 편지를 그 참모에게 보낸 것이 아니라 링컨의 책상 서랍에 넣어 놓았다. 링컨은 치밀어 오르는 분노를 편지를 쓰면서 풀었다.

편지 쓰기, 일기 쓰기 등이 글쓰기라는 점이다. 이것이 자서전 쓰기에도 동일하게 적용된다. 자기가 살아온 인생의 역사를 돌아보고 서술하는 과정에서 만나는 무수한 감정들을 객관적으로 바라보면서 감정 글쓰기가 된다. 이를 통해 심리의 치유까지 가능해진다. 이제껏 열심히 살아온 나의 삶은 최고의 소재이다. 자서전 쓰기를 시작하는 데는 그것만으로도 충분하다.

요즘 우리 사회에는 자서전 쓰기 붐이 일고 있다. '나는 누구인지'를 알게 해 줄 뿐만 아니라, 심리적 치유 효과가 있고, 자식에게 물려줄 근사한 정신적 유산으로까지 손색이 없기 때문이다. 하지만 글쓰기에 자신이 없는 평범한 사람들이 자서전 쓰기에 도전하기에는 적잖은 용기가 필요하다. 그런 점에서 '카카오톡'을 할 수 있다면 누구나 '글', 나아가 '자서전'을 쓸 수 있다고 부추기는 동기부여는 우리 모두에게 용기를 주는 사례이다.

내가 살아온 과정, 내가 선택했던 것을 돌아보면서 내가 누구인지, 내가 진정 원하는 것이 무엇인지 알고 미래의 내 모습을 설계할 수 있다. 자기 내면 깊숙이 침잠하여 영적인 눈으로 자신을 객관적으로 들여다볼 수 있게 해 주는 것, 이것이 바로 자서전 쓰기이다.

20. 자서전은
시작이 반이라는 마음으로 써라

'자서전 쓰기' 지금 시작하세요.

자서전은 본인의 삶은 물론 조상과 가문의 내력들을 진솔하게 쓴 이야기이다. 그러나 다른 한편으로는 자신의 겪어온 희로애락의 삶을 들여다보면서 행복한 순간들과 안타까운 사연들을 성찰해 상처 난 자신의 영혼을 스스로 치유하는 계기가 될 수도 있고, 우리 시대의 이야기를 다음 시대에 전하고 증거 하는 기록물로서의 가치도 매우 크다.

그렇지만 통상 우리는 자서전이 나이 먹어 쓰는 회고록이고, 통상 죽기 전에 한 번 쓰는 것으로 잘못 알고 있다. 하지만 분명 자서전 쓰기는 꼭 노년층들만이 할 수 있는 것은 아닐 것이다. 《마흔세 살에 다시 시작하다》의 저자 구본형은 "나는 지금부터 10년에 한 권씩 나의 이야기를 편찬하려 한다. 조금 일찍 깨달았다면 더 빨리 쓰기 시작했을 것이다. 40대의 10년 후부터 시작하게 된 것은 공교로운 일이었다. 만일 20대나 30대부터 기록할 수 있었다면 훨씬 젊은 시절에 나의 세계를 가길 수 있었을 것이다. 적어도 그때 10년 후의 세계를 예비했을 것이다," 라고 적고 있다.

자서전은 먼저 노년층들이 여가를 선용하고 외로움을 달랠 수 있는 건전하고도 다양한 프로그램 가운데 가장 효용성이 높은 문학 활동을 권장하기 위한 활동이다. 하지만 또한 자서전 쓰기는 시나 소설과 달리 자신의 살아온 삶을 이야기로 풀어내는 것이기에 글솜씨가 모자라거나 예술적 감수성이 조금 부족하더라도 도전할 수 있고 성공할 수 있는 분야이기 때문에 나이와 상관없이 누구나 도전할 수 있다.

자서전 쓰기에서는 일반인은 말할 것 없고 글쓰기의 경험이 전혀 없거나 글솜씨가 부족하다고 여기는 분들까지도 글쓰기에 대한 두려움을 극복시켜 가벼운 마음으로 자서전을 집필할 수 있도록 실제적이고 성공적인 방법을 알려주고 있다.

주제에 대한 순서대로 자서전 쓰기를 지도할 때 꼼꼼하게 모아놓은 실제 사례들을 이야기로 쓰면서 자서전 쓰기에 도전한다면 분명 성공적인 결과물을 얻을 수 있다.

자서전은 노년의 시간을 보다 창조적인 활동으로 이끌어 주며, 셀프코칭 멘토가 되어서 자신에게 적합한 역량과 조건을 스스로 쌓아갈 수 있다.

자서전을 쓰면서 자신이 살아온 가족과 나, 친구, 직업, 사랑과 이별 등에 얽힌 수많은 이야기들을 통해서 새롭고 가치 있는 삶의 의미를 창조해 낼 수 있다. 지나온 삶을 되돌아보면서 남아있는 생애에 새로운 의미를 부여하여 보다 적극적으로 살아갈 수 있는 더없이 소중한 시간이 될 수 있다.

생각해보자. 자서전이 갖는 중요한 의미 중 하나는 자기발견, 자기 치유, 자기 화해다. 내 삶을 반추하면서 나를 스스로 용서하는 것이다. 감추거나 꾸미는 건 진정한 자기 치유의 길이 아니다. 이제는 상처를 고백할 수 있는 나이다. 그 뒤늦은 진심 어린 고백을 통한 이야기를 글로 표현한 당신의 자서전은 감동적으로 빛날 것이다. 시작이 반이다.

21. 자서전은 자신의 가치이다

자서전 쓰기를 신청하신 어르신들은 한결같이 "내가 글을 쓸수 있을까요?"라는 질문을 하신다. 막상 신청은 했는데 걱정이되는 표정들이다. 먼저 함께 놀이하며 마음 문을 열고 동영상을보며 동기부여를 해드리면서 시간 시간마다 생각나는 그때 그시절의 이야기를 나누며 글로 표현하기 시작한다. 세상에 하나뿐인 자신만의 이야기를 진솔하게 써 내려간다.

왜곡되지 않은 진솔한 역사 이야기, 가슴에 묻었던 첫사랑 이야기, 각각의 희로애락의 이야기들을 읽으며 나눌 때는 같이 웃고 같이 울기도 한다. 마음의 응어리가 풀리며, 자신을 용서하고화해하는 소중한 시간이 된다.

자서전(自敍傳)은 작자가 자신의 일생을 소재로 스스로 짓거나 남에게 구술해 쓰게 한 전기다. 반세기를 훌쩍 넘게 살아온 노년의 회고록쯤으로 생각하는 사람들이 많다. 하지만 20대 청춘도 짧다면 짧은 그동안의 삶을 자신만의 색깔로 버무린 자서전을 내고 있다.

지난해 9월 개인 자서전 전문 출판사 '꿈틀'에서 나온 《오늘, Haru》는 '하루'라는 필명을 쓰는 20대가 약 20년의 삶을 되돌아본 자서전이다. '어린 시절', '나의 십 대', '청춘시대', '전성기', '앞날'로 구성됐다. 여느 자서전과 다른 점은 자신의 미래에 대한 구상, 꿈을 담고 있다는 점이다.

20대의 자서전은 20, 30대 무명작가의 자전적 에세이 출간이 늘어나는 현상과도 맞물려 있다. 이들은 브런치 같은 온라인 텍스트 미디어나 페이스북 등에서 많은 팔로어의 호응을 얻으며 활발하게 글을 올리고 있다. 이를 통해 '자신과 비슷한 처지로 사는 작가의 이야기'를 찾는 독자들의 반응을 확인한 출판사 측에서 먼저 연락해 책을 만드는 경우도 있다.

더 나이 들기 전에 자서전을 통해 지나온 삶을 기록하고 싶어 하는 시니어가 많다. 하지만 대부분 생각만 그럴 뿐, 현실에서는 겁이 나서 시도조차 못 한다. 이런 사람들을 위해 준비한 자서전 쉽게 쓰는 법을 소개한다.

중요한 사건 중심으로 기록하기

어느 정도 나이가 들어 인생 후반부의 새로운 삶을 준비할 때 자서전을 쓰는 것만큼 도움 되는 것도 드물다. 자서전은 말 그대로 자신의 삶을 진솔하게 기록한 글이다. 자서전을 쓰면 지금까지 지나온 삶을 되돌아보면서 인생을 정리하고, 남은 인생에 새로운 의미를 부여할 수 있다. 설령 그동안의 삶이 통속적인 기준으로 볼 때 부족하다 할지라도 자서전을 쓰는 데 걸림돌이 될 수는 없다. 그저 자신을 되돌아보고 기록하고 앞으로 나아갈 의미를 찾을 수 있다면 그것만으로 자서전의 가치는 충분하다.

자서전에 무슨 내용을 적어야 할지 크게 고민할 필요는 없다. 자신의 지나온 삶 중에서 굵직굵직한 사건을 그대로 기록하면 된다. 우선 내가 태어난 순간과 가족에 관한 이야기를 하자. 어린 시절과 학창 시절에 인상 깊었던 일이 있으면 기록해도 좋다. 첫사랑과 첫 직장, 첫 해외여행 이야기도 빼놓지 말자. 인생에서 처음은 항상 설레고 중요한 의미를 지니기 때문이다. 결혼과 자녀 이야기 역시 자서전의 많은 페이지를 담당할 것이다. 그 사이 사이에 지금도 또렷이 생각나는 행복하거나 불행했던 순간, 기쁘거나 안타까웠던 순간, 특별히 얻은 깨달음 등을 기록한다.

나에게 맞는 자서전 형식 고르기

자서전이라고 반드시 글로만 적을 이유는 없다. 글쓰기보다 말하기가 편한 사람은 말로 해도 되고, 사진을 좋아하는 사람은 사진 스크랩 형식의 자서전을 마련하면 된다.

① 소설 형식의 자서전

지나온 삶이 마치 한 편의 소설처럼 드라마틱한 사람이라면 소설 형식의 자서전 쓰기를 추천한다. 다른 형식의 자서전과 달리 소설 형식의 자서전을 쓸 때는 자신의 삶을 마치 남의 일처럼 객관적으로 바라보고 담담하게 써 내려가는 태도가 필요하다. 감정에 너무 치우쳐서 당시의 상황을 구구절절 설명할 필요는 없다.

② 독백 형식의 자서전

독백 형식의 자서전은 혼자서 마치 누군가에게 들려주듯이 쓰는 방법이다. 글쓰기보다 말하기에 자신 있는 사람에게 적합하다. 이야기가 한없이 길어지면 듣는 사람이 싫증을 느낄 수 있으니 중간에 소제목을 말한 뒤 그에 맞는 내용의 이야기를 시작한다. 평상시 친구나 가족에게 말하는 것처럼 구어체로 써야 자연스럽다.

③ 사진 스크랩 형식의 자서전

삶의 중요한 순간을 사진으로 많이 남겨 놓은 사람은 사진 스크랩 형식의 자서전에 도전해볼 만하다. 사진 한 장은 장황한 글보다 더 인상적일 수 있다. 게다가 그동안의 자신의 모습을 사진으로 감상할 수 있어 보는 재미가 쏠쏠하다. 사진만으로는 썰렁할 수 있으니 사진 설명을 구체적으로 덧붙인다.

인터넷 블로그 활용하라

자서전을 펴내 굳이 다른 사람들에게 나눠줄 생각이 없고, 좀 더 쉬운 방법으로 자서전을 쓰고 싶으면 인터넷 블로그를 활용하는 방법이 있다. 인터넷 블로그는 글은 물론이고 사진을 올리기가 간단하고, 휴대전화로 접속할 수 있어 언제 어디서나 마음만 먹으면 쓸 수 있다. 또 블로그 친구들에게 자신이 쓴 자서전을 보여줄 수 있다.

○○복지관에서 자서전을 출판하면서 K 어르신의 소감

"자서전 프로그램에 가는 날이면 생각나는 기억을 적어 내려오면 눈물이 한없이 쏟아집니다. 자서전을 쓰게 되면서 잊고 있었던 생각과 후회도 많이 하고 반성도 많이 했습니다. 자녀들로 인해 상처 치유를 받을 수 있었던 것들과 누구 한 사람이라도 나와 공감할 수 있다는 소중한 시간이 보람되고 감사하게 자서전을 간직해야겠다는 다짐을 하며 썼습니다. 훌륭하신 선생님과 함께 자서전을 쓰는 동료 작가님들과 끝까지 같이 하면서 자서전을 출판할 수 있다는 것이 보람과 성취의 기쁨으로 뿌듯합니다. 무엇보다도 과거의 상처들이 치유되었음을 감사하게 생각합니다. 복지관에서 자서전 프로그램을 개설해 주셔서 감사합니다."

22. 자서전은 자신의 스토리를 엮는 것이다

자서전은 지나온 삶을 성찰하고 위로받을 수 있는 훌륭한 자기계발서와 같다고 할 수 있다. 때론 가슴을 적시는 소설이 되기도 하고, 희로애락이 한껏 버무러진 희곡이 되기도 한다. '내 이야기' 즉, 직접 겪은 일을 자기감정을 토대로 쓰기 때문에 가능한 일일 것이다. 그러나 내 이야기를 내가 직접 쓰는 게 생각처럼 쉬운 것은 아니다. 자서전을 만들고 싶지만 어디서부터 어떻게 해야 할지 막연한 이들을 위한 방법을 정리했다.

자서전에는 소소한 일상부터 가치관이나 사상, 인생관, 국가적·사회적 사건과 관련된 이야기 등 나와 관계된 모든 것이 들어갈 수 있다. 이러한 내용을 일반적으로 시간 순서대로 나열해 목차를 구성한다. 오래전부터 써 온 다이어리 등이 있다면 좋겠지만, 그렇지 않다면 '기억력'과의 싸움이 된다. 과거를 떠올리는데 도움이 되는 몇 가지 방법을 실행해 가며 토막글을 쓰거나 메모해 두는 것이 좋다.

과거를 떠올리는 방법

- 연대별 주요 사회 사건과 내 기억을 연관 짓기

10년 단위로 그 시대의 주요 사건들을 정리한다. 각 사건이 일어날 당시 나는 무엇을 하고 있었는지, 어떤 일이 생겼는지 떠올려 보자. 큼지막한 사건들을 중심으로 시간 순서대로 떠오르는 기억을 정리해 나갈 수 있다.

- 편지·사진 모으기, 추억의 장소 찾아가기

막연히 떠올리는 것보다 편지·사진을 보거나 고향 집, 학교, 직장 등을 다녀오면 새로운 기억이 새록새록 올라온다. 직접 찾아가기 어렵다면 예전에 살던 동네나 이사 다닌 집, 사무실 등을 떠올리며 그림을 그려보는 것도 하나의 방법이다.

- 질문지 활용하기

인터뷰를 하듯 세세하게 질문지를 만들어 시기별로 나누어 답을 적어 본다. 아동기·청소년기·청년기·결혼 생활기·중년기·노년기 등으로 분류하고, 몇 가지 키워드를 활용해 질문을 이어간다. (예: 어린 시절 가장 좋아했던 음식은? 학창 시절 가장 싫어했던

과목이나 선생님은? 첫 직장 상사와 관계는? 신혼여행은? 중년기 공휴일에는 무엇을 했는가? 등등)

글감 만들기, 구성하기

기억을 떠올리며 메모를 하거나 토막글을 써두었다면, 소주제를 정하고 여러 개의 토막글을 엮어서 서술해 보자. 소주제를 정하기 어렵다면 유명인의 자서전 몇 권을 읽어 보고 참고하는 것도 좋다. 다른 책의 목차나 구성을 활용해 글감을 마련하고, 얼추 윤곽이 잡히면 원하는 대로 재구성해 보는 것도 괜찮다.

자서전 내용을 독특하게 구성하는 방법

- 나에게 영향을 준 사람 이름을 목차에 활용: 피터 드러커 자서전의 예

경영학자 피터 드러커의 자서전 목차를 보면 아주 독특하다. '할머니-인간에 대한 예의를 깨우쳐준 유쾌한 사람', '엘자와 소피-교육의 길을 제시한 노처녀 자매 선생님', '폴라니 가-새로운 사회를 꿈꾸던 흥미로운 가족' 등 자신에게 영향을 준 주변 인물 또는 유명인의 이름을 소주제로 해 자서전을 꾸몄다.

- 시간 순서가 아닌 중요한 사건 순으로: 러셀 베이커 자서전의 예

미국 언론인 러셀 베이커의 자서전은 마치 영화를 보는 듯 흥

미로운 구성이 눈에 띈다. 어린 시절부터 순차적으로 시작하는 일반 자서전과 다르게 그는 맨 처음 '제1장 어머니의 타임머신' 이라는 소주제로 문을 연다. 요양병원에 계신 어머니와의 대화를 서두에 넣는 등 기억에 남는 사건을 먼저 이야기하고 당시 관련된 에피소드를 풀어나가는 형식이다.

세상을 향해 말하고 싶은 말이나 견해를 밝히는 것도 자서전 쓰기의 소재가 될 수 있다. 소신껏 살면서 내 나름의 판단 기준이었던 삶의 원칙이나 인생 철학 등의 내용을 담는 것도 자서전 쓰기이다.

생각날 때 써 놓았던 시나 수필, 상 탔던 자료들, 자신의 기사가 신문이나 방송에 나왔던 것을 스크랩해 둔 것 등의 사소한 것이라도 하찮은 것이 아니라 자서전 쓰기의 글감이 될 수 있다.

23. 자서전에 자기 통찰을 써라

통찰은 자신의 참된 감정이 무엇인지 꿰뚫어 보게 한다. 이 참된 감정이야말로 여러분의 자서전이 가치 있고 감동적인 것이 되게 해 줄 것이다. 그리고 다른 이익도 있다. 참다운 자기 자신의 모습을 정면으로 보게 되면 자신의 좋은 점은 더욱 발전시킬 수 있으며, 한편으로는 무의식에서 억압하고 고통스러워했던 것을 살려내어 그 힘을 약화할 수도 있다.

실제 느끼는 대로 표현하려고 해야 한다. 관습이나 자신의 머리가 생각해낸 기준에 따라 느껴야 한다고 생각되는 것을 표현하면 안 된다. 자신의 감정에 대해 아무런 지시 없이 흐르는 대로 써 내려가야 한다. 단순히 자신의 관심을 끄는 것, 호기심을 불러일으키는 것, 내면에서 우연히 일어나는 감정의 코드를 그대로 좇아가는 것이 중요하다. 즉 자발적인 자기 흥미를 따라간다는 뜻이다.

또한, 가족들이 나에게 비추어 준 자아상을 더듬어 내가 나를 어떻게 평가하고 있는지 자세히 자신을 살펴보는 것이 중요하다. 낮은 자아상을 가지고 힘들게 살아온 것 같다면, 그 원인을 생각해 본다. 어린 시절의 부모를 기억해 보는 것은 나의 자아상을 알거나 근원을 더듬는 좋은 방법이다. 나의 어린 시절 중 부모의 모습이 잘 드러나는 일화를 하나 정해서 노트에 써 내려가다 보면 마음의 상처라든가 잊고 있던 중요한 기억들이 생생히 살아나서 자기도 모르게, '아!' 하고 탄성을 지르게 될지도 모른다. 남에게 보여줄 것이 아니니까 화나면 화나는 대로 부끄러우면 부끄러운 대로 여과 없이, 미리 검열하지 말고 그냥 써 내려가야 한다.

실제 자서전을 쓰기 시작하기에 앞서 여러분이 반드시 해야 할 일은 바로 주제를 정하는 것이다. 물론 자서전이라고 하면 태어나서부터 지금까지 내가 살아온 것을 연대기식으로 죽 쓰면 된다고 생각하는 분도 있을 것이다. 또 대부분의 자서전이 그런 식으로 쓰고 있다. 그러나 그것보다는 주제가 선명한 자서전을 권하고 싶다. 그러면 쓰기도 쉽고 읽는 사람도 훨씬 쉽게 공감할 수 있다. 그러자면 주제가 명확해야 한다. 여러분이 인생에서 가장 소중하게 여기는 부분, 이것 때문에 나는 살아온 거다, 큰 소리칠 수 있는 것, 그것을 책의 주제로 삼으면 가장 좋다.

솔직하지 못한 자서전은, 흔히 완벽한 인격자인 체 꾸미고 다니는 인간에게서 우리가 역겨움을 느끼게 되듯 어쩐지 공감할 수 없게 된다. 자신이 다른 사람에게 완벽하게 보이려고 애쓰는 글은 얼마나 자신감이 없기에 저렇게 안달일까 하는 안타까움마저 불러일으키게 된다. 자신의 약점이나 상처까지 있는 그대로 토로하면서 진솔하게 쓴 글은 소설이 그렇듯 삶의 진실에 더욱 근접하고 있어 읽는 이를 감동하게 한다.

집필 계획표란 집짓기에 있어 설계도 그리기와 같은 것이다. 집을 지을 때 무조건 땅에다 벽돌을 늘어놓고 쌓으려고 하면 막막할 것이다. 어디에 안방을 두고 창문은 어디에 내고 방문은 또 어떻게 할 것인지, 벽돌을 몇 미터로 쌓아야 할지 어림이 될 것이다. 이럴 때는 설계도가 있어서 그에 따라 조금씩 짓다 보면 어느새 집이 완성되게 된다. 그처럼 책을 쓰는 일에도 집필 계획표가 있으면 글쓰기가 편리하다.

24. 자서전은 구체적으로 써라

글쓰기에 서투른 사람일수록 수식어가 많이 들어가야 훌륭한 문장이 된다고 생각하는 경향이 있다. 무심코 수식어를 쓰다 보면 애매모호한 문장이 되기 쉽고 나중에 전체적으로 읽어보면 신파조의 감상적인 글이 되어 아무래도 부끄러워진다. 그렇기 때문에 수식어를 되도록 사용하지 않는 것이 좋다. 그러나 수식어가 너무 없으면 사물의 크기, 맛, 색, 정감 등을 전달하기가 어려운 문제가 있을 수 있다. 그러므로 수식어는 꼭 필요할 때 꼭 필요한 분량만큼만 쓰는 것이 좋다. 수식어는 약과 같다. 약은 많이 쓰면 독이 되어 해를 되지만 적당량 쓰면 도움이 된다. 수식어를 쓸 때 명심할 것은 수식어가 들어가야 할 자리를 잘 찾아서 바르게 놓아야 한다는 사실을 명심해야 한다.

흔히 묘사문으로만 이루어진 글이 좋은 글(혹은 예술적인 글)이라는 선입견이 있는데 그건 옳은 생각이 아니다. 필요와 목적에 따라 여러 형식의 글을 적절하게 섞어서 쓰는 것이 좋다. 설명문만 있으면 읽기에 너무 건조하게 느껴질 테고, 논설문만 있으면 읽는 이가 글쓴이의 생각을 강요당한다고 느껴져 반감을 갖기 쉽다. 또 서사문만 있으면 이야기의 흐름이 죽죽 진행되어서 재미는 있을지 몰라도 감정이입이 되지 않은 무미건조한 글이 된다. 묘사문만 있으면 흐름이 매우 느려서 지루하고 읽기 따분해진다. 글을 쓸 때는 자신의 의도를 잘 살려서 필요한 형식을 적절히 섞어서 쓰는 것이 좋다. 지나치게 한 형식에만 얽매이지 않도록 살피면서 써야 한다.

글은 구체적으로 써야 한다. 사람을 쓰는 경우, 나는 이런 외모, 이런 성격을 가진 사람을 좋아한다고 막연히 쓰는 것이 아니라 구체적으로 이름까지 거론해서 쓰는 것이 좋다. 경우에 따라 가명을 사용해도 된다. 장소도 그렇고, 물건도 그렇고 일도 마찬가지다. 어떤 일을 하는 것이 좋은지도 쓴다. 이것을 쓰라고 하면 한참을 지나도록 망설이기만 하고 끙끙거리는 분이 있는데, 망설이지 말고. 쓰라고 했을 때, 생각할 것도 없이 머리에 언뜻 떠오른 것이 있으면, 그것이 바로 당신의 마음을 가장 잘, 거짓없이 나타내는 것이다. 처음으로 머릿속에 떠오르는 것을 붙잡아서 쓰면 가장 좋다.

이야기의 주제는 언제나 인물이지만, 그 이야기가 생생히 살아 움직이는 것이 되려면 그 인물이 활동하는 환경(배경: 시대와 장소)에 대한 구체적인 묘사가 있어야 한다. 사람은 진공 속에서 존재하는 로봇이 아니기 때문이다. 자서전을 쓴다면 그 이야기의 주인공은 자서전을 쓰는 자신이다. 자서전을 쓰는 자신은 자신을 잘 알고 있다고 여길 것이다. 그러나 앞으로 자서전을 읽게 될 사람들은 자서전을 쓰는 자신만큼 잘 알지는 못한다. 그러니 자서전을 쓰는 사람이 이러저러한 생각을 했었고, 행동했었다는 사실을 읽는 이들에게 납득을 시키려면 자신을 생생하게 살아있는 인물로 그려야 한다. 그러자면 자연히 자서전을 쓰는 사람의 배경을 구체적으로 그리는 일이 필요하다. 만약 자신이 살아온 시대를 막연하게 밖에 모른다면 그 인생 이야기는 읽는 이를 설득하여 공감을 불러일으키는 데 실패할 것이다.

완전한 자기표현은 자유연상으로 이루어진다. 자유연상이란 마음에 떠오르는 생각이나 느낌을 숨김없이 그대로 표현하는 일이다. 특별한 생각이나 느낌을 억누르는 대신 표현하는 데 거부감이 드는 것은 오히려 더 표현하려고 애써야 한다. 마음에 떠오르는 것이면 무엇이든지, 그것이 사소한 것이라거나, 요점을 벗어난 것 같다거나, 일관성이 없다거나, 비합리적이라거나, 경솔하게 느껴진다거나, 난처한 것 같다거나, 나답지 않다고 생각되거나, 비굴한 느낌이 들든 상관없이 무엇이든지 다 표현하려고 해야 한다. 여기서 '무엇이든지 다'라고 말하는 것은 글자 뜻 그대로를 말한다. 마음속에 떠오르는 것이라면 '모든 것을 다' 쓰라는 뜻이다. 자신의 모든 감정을 인정해 주고 발언권을 주는 것이다. 잠시 스쳐 가는 산만한 생각들만이 아니라 특별한 기억이나 아이디어도 마찬가지다. 자신이 인정하고 싶지 않은 것, 희망, 낙담, 의심, 기쁨, 노여움 등 자신에게서 발견할 수 있는 모든 감정을 모두 표현하려고 해야 한다.

25. 자서전에 삶의 기록을 써라

정말 평범한 사람이 자신의 책을 갖는 일은 감히 꿈도 꾸면 안 되나? 절대 그렇지 않다. 작가나 유명인들만 책을 내야 한다는 생각은 편견이고 오해이다. 어떤 사람이라도 얼마든지 자기 책을 쓰고 만들 수 있다. 다만 그 방법을 몰라서 못 할 뿐이다.

내가 내 이야기를 써 보고 싶은 것. 누군가 반드시 읽어 주고 알아주지 않아도 되는 거다. 내 이야기를 내가 정리하고 써 내려가면서 나의 인생을 회고해 보고 고찰해 보고 또 한편으론 그렇게 묵묵히 견뎌 온 나를 다독여주고 싶기도 한 것이다.

'그래, 이 정도면 열심히 살았어. 나는 최선을 다한 거야.'

내 이야기 써 보기는 그렇게 소박한 마음에서 출발한다. 그렇게 쓴 내 이야기를 내가 아는 사람들한테 읽히고 내 인생을 이해받을 수 있다면 그 또한 의미 있는 일이다. 나아가 내가 모르는 사람들도 내 인생을 읽으면서 내 삶을 조용히 긍정해 주고 "아, 당신은 정말 열심히 살았군요. 당신에게 박수를 보냅니다." 혹은 "당신의 인생을 읽고 다시 용기를 얻었습니다." 하는 인정까지 받을 수 있다면 더 무엇을 바라겠는가.

훌륭한 자서전이란 저자가 온 마음을 담아 진실하고 솔직하고 직접 써서 만든 모든 자서전이라고 할 수 있다. 설령 서점에서 아무도 사주지 않았다고 해도 책을 쓴 사람이 그 책에 자신의 열정과 진심을 담아내고자 했다면 그 책은 세상 무엇과도 비교될 수 없는 최고의 자서전일 수 있다.

자신의 이야기를 책으로 써 보고 싶다고 마음먹었을 때 대개 막막하기 마련이다. 어디에서 시작해야 할지, 어떻게 써야 할지, 무엇을 써야 할지 막막하고 난감할 수밖에 없다.

자서전과 같은 글은 더욱 구체적이고 분명하게 상황과 배경이 설명되어야 한다. 특히 시간의 흐름과 연도, 수치, 계절, 나이 등이 구체적으로 언급되어야 한다. 글을 읽는 사람이 그 글을 읽으면서 그때의 상황을 들여다보는 것처럼 이해할 수 있도록 쓰였다면 성공한 것이다.

예문을 통해서 어떤 부분들이 어떻게 쓰이면 좋은지를 알아보기로 하자.

예문 1(불분명한 표현)
벨이 요란하게 울리면서 교실 안으로 퍼져나갔다. 시험이 시작된 것이다. 교실 안은 긴장한 아이들로 찬물을 끼얹은 듯 조용해졌다. 담임 선생님이 시험지를 나눠 주었다. 시험지를 받아 든 아이들이 고개를 숙이고선 열심히 문제를 풀어나갔다.

예문 2(구체적인 표현)
오전 9시가 되자마자 벨이 요란하게 울리면서 교실 안으로 퍼져나갔다. 1교시 시험이 시작된 것이다. 교실 안은 긴장한 아이들로 찬물을 끼얹은 듯 조용해졌다. 담임 선생님이 시험지를 나눠 주었다. 시험지를 받아 든 아이들이 고개를 숙이고선 열심히 문제를 풀어나갔다.

당신도 작가가 될 수 있다!
하루에도 수백 권 이상의 책이 출판되고 있다. 그중에서 어떤 책은 베스트셀러가 되기도 하고 어떤 책은 흔적도 없이 사라지고 만다. 책을 내는 일은 작가들만의 전유물이 아니다. 다양한 분야의 사람들이 책을 출간하고 있으며 종종 전문작가들이 쓴 책보다 더 주목을 받을 때도 있다.

그중에서 자전적 에세이 장르는 오랫동안 사람들로부터 관심을 받으며 발전해 왔다. 내가 살아 온 이야기를 사람들에게 읽히고 싶은 욕망과 다른 사람들의 인생을 들여다보고 싶은 욕망이 사라지지 않는 한 그런 출판 장르는 계속 이어질 것이다.

사람들은 다른 이들의 자서전을 읽으면서 자신의 이야기도 책으로 내고 싶다는 열망을 갖는다. 그러나 글을 쓰고 책을 만드는 일이 전문적인 영역처럼 보이기 때문에 선뜻 결심을 굳히질 못한다. '나도 내 이야기를 써서 책으로 만들고 싶지만 나는 작가도 아니고 유명인도 아닌 걸. 그리고 나처럼 평범한 사람이 책을 내려면 돈이 많이 들 거야.' 그러면서 마음을 접는다.

글을 어떻게 시작하고 책을 만들기 위한 과정이 어떻게 이루어지는지 모르는 사람을 위하여 자서전 쓰기 지도를 한다. 전혀 엄두가 나지 않던 분이 안내하는 대로 따라가다 보면 어느새 한 권의 자서전이 완성되어 있음을 발견하게 될 것이다.

26. 자서전에 삶의 감동을 써라

"기가 막히게 생생하다."

마크 트웨인의 자서전의 책 띠에 있는 라이브러리 저널의 평가였는데, 이보다 더 적절한 표현이 있을까 싶다. 나이가 들면서 기억력이 쇠퇴하는 것이 슬프기 짝이 없다며 마치 그것은 우리 모두에게 닥칠 수밖에 없는 일이라고 말한다. 하지만, 바로 이어지는 어린 시절 삼촌 농장에서 즐겼던 음식 이야기를 반 페이지 넘게 펼쳐지는데 정말 침이 꼴딱 넘어가게 묘사한다.

12살 무렵에 농장에서 보낸 시간의 이야기는 마치 영화를 보는 듯 생동감 있게 펼쳐진다. 특히 그를 중심으로 한 수많은 사람들의 이야기가 한 편의 소설처럼 펼쳐진다. 조금씩 헷갈릴 때도 있지만, 자신의 작품 속에 어떻게 녹아 들어가고 있는지에 대해서도 이야기한다.

작가로 성공하고 나서, 자신을 속인 사람부터 정말 여러 사람을 꼼꼼하게 챙겨주는 장난인 듯 진심 가득한 저주까지 읽어서일까? 기억력에 대한 한탄을 쓴 마크 트웨인이 왠지 펜을 다시 들면서, 입꼬리를 쓱 올리며 악동처럼 웃었을지 모른다는 상상까지 가능해진다.

사실 자서전은 감동적일 수는 있지만, 재미있기는 쉽지 않다. 하지만, 마크 트웨인의 자서전은 재미와 감동 그리고 그의 삶의 여정을 함께 걸어가 볼 수 있는 행복한 경험을 준다. 마크 트웨인의 자서전을 통해, 그의 삶의 굴곡을 함께 오가고, 그가 바라보았던 미국의 성립부터 남북전쟁 그리고 미국의 자유주의와 노예의 존재가 갖는 이질감, 또한 황금주의에 물들어가는 미국을 함께 바라보면서 그는 자신의 자서전을 통해 자신의 삶뿐 아니라 작품들까지도 잘 스케치한 것이 아닌가 싶다. 이렇듯 마크 투웨인의 자서전은 문학적인 색채가 두드러지게 나타난다.

자서전 쓰기에 접근하는 방식

첫째, 문학적인 접근이다. 글쓰기의 노하우에 대한 기술을 습득한다면 자서전 쓰기를 통해 수많은 이점을 누릴 수 있다.

둘째, 심리학적인 접근이다. 자서전 쓰기는 본인의 심리적인 요소를 많이 담고 있기 때문이다. 자기 발견을 하면서 겪고 있는 어려움에 대한 해답을 찾아내면서 자신의 내면을 살피는 심리학적인 기법은 자서전 쓰기에서 매우 중요한 접근법이다.

셋째, 철학적인 접근 방식이다. 세상과 나에 대한 깊은 이해와 통찰이 있을 때 자신의 모습을 정확히 파악할 수 있으므로 자서전 쓰기는 철학을 하는 과정이다. 소소한 발견이든 위대한 발견이든 철학적 접근은 반드시 수반되어야 한다.

문학적인 접근, 심리학적인 접근, 철학적 접근 방식으로 자서전 쓰기를 하면 자신에게 큰 도움이 되고 기다림 속에서 스스로 끝까지 수행할 수 있다.

자서전은 "평범한 삶을 기록하는 감동의 스토리"
흔히 사람들은 '내가 자서전을 어떻게 쓰나', '누가 내 인생에 관심을 둔단 말인가. 괜히 비웃음만 사지 않을까?', '내가 잘 쓸 수 있을까. 그렇게 잘 쓸 것 같지 않은데', '그냥 묻어 두는 게 낫지 않을까' 등의 이유로 감히 자서전을 쓰기를 머뭇거린다.

《내 인생의 자서전 쓰는 법》의 저자는 "용기를 내서 자신의 자서전을 직접 써 보라"고 권유한다. 글을 쓰면서 과거 자신의 행동을 되돌아보고 '삶'에 대한 깊은 성찰을 느낄 수도 있다는 것.

변화경영전문가 구본형 씨 역시 "위대한 사람만 자서전을 쓰는 것이 아니"라며 "평범한 사람은 평범하므로 자신의 기억을 남겨야 한다"라고 자서전을 써야 하는 이유를 강조했다.

한번 지나가면 잊힐 시간을 나만의 소중한 추억으로 남기고 싶다면, 이제부터 '나를 위한 자서전'을 써보도록 노력하자.

하지만 어렵게 '자서전을 한번 써볼까?'라고 결심해도 '글을 전혀 쓸 줄 모르는데 어떻게 써야 하나'라는 문제에 직면하게 된다. 고맙게도 필자는 독자들의 이런 고민을 덜어주기 위해 4백 80가지의 구체적인 질문들을 제시하고 있다. 이를 통해 독자들이 지나온 삶의 기억을 하나씩 일깨우며 자연스럽게 '자서전'을 완성해나갈 수 있도록 했다. 4백 80가지 질문 중 연령대별로 세 가지 질문을 간략하게 추렸다.

나의 출생과 어린 시절

-부모님과 조상에 대한 모든 것, 내가 태어난 곳들을 기록하라.

-가장 어릴 때 기억은 무엇이며, 어디에서 누구와 함께 어떤 집에서 살았는가.

-가족 전체가 함께한 행사나 일을 기억해보라. 어른들과 아이들은 무엇을 했나.

청소년기

- 데이트, 키스, 섹스, 술, 흡연 등에 대해 어떻게 바라보았고, 언제 처음 경험해보았나.

- 운전은 언제 처음 배웠고, 동아리 등 공동체에 처음 가입한 시기와 이유는 무엇인가.

- 아버지, 어머니와 관계는 어떻게 변했는가. 부모님과 함께 보낸 기억은?

20대와 30대, 어른이 되어

- 성인으로서 삶을 대학에서 시작했다면, 왜, 어떤 기준으로 선택했나. 장점과 단점은?

- 첫 직업은 무엇이며, 직장에서 인간관계는 어떻게 형성됐는가?

- 사랑에 대해 말해보라. 품었던 환상과 실제에 대해, 그리고 그 시작에 대해?

결혼생활

- 결혼하기까지 과정과 결혼식 중 가장 기억나는 것이 무엇인가. 그 이유는?

- 결혼 초기에 가장 힘들었던 일은 무엇이며, 그 생활을 어떻게 묘사할 수 있는가?

- 아이가 태어나면서 배우자와 관계는 어떻게 변했는가. 부부

관계는 어떻게 변했는가.

부모가 되어

- 아이가 태어난 날에 대해 설명해보라. 첫아이에 대한 가족들
의 반응은?

27. 자서전에 회심과 희망을 써라

흔히 자서전은 유명한 사람들, 성공한 사람들, 큰 부를 이룬 사람들만이 쓰는 것으로 생각한다. 그러나 경제적으로 여유가 있거나 특별한 사람만이 아니라 평범한 누구라도 쓸 수 있다. 자서전은 나를 돌아보고, 나를 기억하고, 나를 기록하며 미래의 더나은 내일을 살아갈 수 있는 촉진제가 되어 준다.

"소중한 기억들이 다 사라지기 전에, 나를 기록하라."

자서전은 그림 그리듯, 독백하듯, 시나리오 쓰듯, 뉴스를 전하듯 다양한 방법으로 자서전을 쓸 수 있다는 것을 일깨워주며 구체적인 실행 방법도 알려준다. 자서전에 어떤 내용이 들어가야 하고, 이를 정리하며 실생활에 어떤 효과를 누릴 수 있는지도 알려준다.

　평범한 내가 자서전을 쓴다는 것이 부끄러웠다면, 이제 그런 낡은 생각은 잠시 접어두자. 평범한 당신과 당신의 친구, 가족, 지금 이 순간 당신을 스쳐 가는 세상 모든 사람이 자신만의 삶을 글로 남길 수 있다. 물론 단지 공허한 외침만이 아니라 실제적인 방법들은 기억나는 이야기를 글로 쓰면서 주제를 정하면 된다.

　사람들은 왜 단 한 번뿐인 자신의 인생을 지나가 버리면 그것으로 끝인 것처럼 생각할까? 이런 아쉬운 마음으로 자신의 이야기를 쓰면 되는 것이다. 누구나 다른 사람의 글과 인생에는 흥미와 열광을 보내지만, 정작 자신의 인생을 글로 쓰는 일에는 두려움을 갖고 있다.

　우선 쓰겠다는 마음을 갖는 것부터 시작하자. 글을 못 쓴다고, 내 인생에는 아무 것도 특별한 것이 없다고, 누군가가 내 글을 보는 것이 창피하다고 생각하는 그 마음부터 지워버리자. 나이나 성별, 직업, 부와 명예는 아무런 문제도 되지 않는다. 모든 사람의 얼굴 생김이나 지문이 다르듯이 누구나 살아온 삶이 다르고, 모두가 다른 이야기를 갖고 있기에, 그 이야기 하나하나가 모두 소중하고 특별한 것이다.

자서전이라고 해서 꼭 글로만 쓸 필요는 없다. 소중한 추억이 담긴 사진을 통해, 그림 그리기를 좋아한다면 그렸던 그림들을 통해, 소설 형식으로 엮고 싶다면 소설처럼, 뉴스나 시나리오처럼 만들고 싶다면 그것도 얼마든지 가능하다. 여러 가지의 주제 중에서 자신이 쓰고 싶은 주제를 선택해서 구체적으로 표현하는 것이다. 주제를 선택해서 생각나는 대로 쓰는 꾸밈없이 써 내려가다 보면 어느새 자신만의 책 한 권, 그것도 세상에 단 하나뿐인 자신만의 이야기를 담은 책의 분량을 쓰게 되는 것이다.

자서전은 나의 이야기이다. 나를 돌아보고, 정리하고, 다시 앞으로 나갈 계획을 세우는 동안, 어느새 자신이 바라던 자기 삶의 성공이 한 발짝 더 가까이 다가올 것이다. 그동안 너무 앞만 보며 바쁘게만 살아왔다면, 이제 나 자신을 돌아보고 다가올 미래를 준비하자.

자서전을 쓰기 시작하는 순간, 여러분은 자신 안에 감추어진 새로운 능력과 잠재력을 발견하게 될 것이다. 성공 예감을 감지하게 되는 놀라움은 열정으로 자서전 쓰기에 도전한 사람들에게 주어지는 또 하나의 보너스다. 이제 당신도 그 보너스를 얻을 수 있다.

누군가가 아닌 나를 위해 쓰자! 이 세상, 독자는 단 한 명, 바로 나 자신뿐이라도 괜찮다.

28. 자서전 원고 정리와 탈고하기

글을 쓰는 것은 엄청나게 힘든 여정이다. 하지만 다 썼다고 해서 글쓰기가 끝난 것은 아니다. 처음에 쓴 글은 '초고'이다. 즉 수성이 필요한 글이라는 의미다. 글을 쓴 직후에 해도 되고, 잠시 묵혔다가 해도 되겠지만 언젠가는 지금까지 쓴 원고를 퇴고하여 '완전원고'를 만들어야 한다.

"자서전 쓰기의 모든 문서의 초안은 끔찍하다. 글 쓰는 데에는 죽치고 앉아서 쓰는 수밖에 없다. 나는 《무기여 잘 있거라》를 마지막 페이지까지 총 39번 새로 썼다." -어니스트 헤밍웨이

20세기 미국 문학의 거대한 전설, 어니스트 헤밍웨이도 퇴고의 중요성을 강조했다. 우리 역시 써놓은 글을 고치기 위한 고

민이 필요하다. 글은 고치면 고칠수록 좋아진다.

자서전 퇴고는 중복되거나 불필요한 내용을 삭제하고, 부족하거나 빠진 내용을 보충하며, 오·탈자와 띄어쓰기는 물론이거니와, 문단이나 문장까지 손보는 교정 교열 작업이다. 그럼 퇴고를 할 때 어떤 요소들을 점검해야 하는지 알아보자.

자서전 쓴 것을 퇴고할 때는 큰 것에서부터 세세한 것으로 범위를 줄여가면서 수정한다. 단순하게 말하면 내용 → 문단 → 문장 → 오탈자와 부호 순으로 점검한다.

1. 글을 전개해 나가는 과정에 해당 부분의 주제에서 벗어난 부분은 없는지를 체크한다.

어떤 글이든지, 한 꼭지든 한 문단이든 반드시 전하고자 하는 주제가 있기 마련이다. 그 주제와 상관없는 내용이 없는지, 또 더 보완할 내용은 없는지 점검해서 첨삭한다. 낭독하면서 퇴고를 하면, 부자연스럽고 호응이 안 되는 문장을 잡아내기가 수월하다.

2. 문단과 문단이 자연스럽게 연결되는지 검사한다.

이야기가 뜬금없이 바뀌는 느낌이 든다면 중간에 연결고리가 빠졌거나, 상관없는 이야기가 들어간 것이다. 이 역시 보완한다. 접속사를 삽입하여 문단, 문장 사이의 관계를 명확하게 해주는 것도 방법이다.

3. 문장의 주술 관계를 살펴본다.

숨 가쁘게 앞만 보고 글을 쓰다 보면 자신도 모르게 비문이 양산되게 마련이다. 다시 찬찬히 읽어보면 어색한 부분이 발견된다. 주어는 있는데 이에 호응하는 술어가 없거나, 술어는 있는데 주어가 없는 식이다. 이 문장을 한번 보자. 등산로에 가면 자주 마주치는 경고문이다.

"이 지역은 무단입산자에 대하여 자연공원법 제60조에 의거 처벌을 받게 됩니다."

얼핏 읽어보면 잘못된 부분이 없는 것처럼 보인다. 하지만 문장을 구성하는 가장 기본적인 요소만 살펴보면 잘못된 부분을 곧바로 발견할 수 있다.

자서전을 쓴 문장이 주어인 '이 지역'과 호응 되는 술어가 있는지를 우선 살펴보자. 술어라면 '받게 됩니다.'이다. 그렇다면 이 문장을 최소화하면 "이 지역은 받게 됩니다."가 된다. '받다'가 타동사니까 목적어가 필요하다. '처벌'을 넣으면 "이 지역은 처벌을 받게 됩니다."가 될 터인데, 지역과 처벌받는다는 말은 호응하지 않는다. 처벌받는 대상은 사람이어야 한다. 따라서 이 문장은 "이 지역에 무단 입산하는 자는 자연공원법 제60조에 의거 처벌을 받게 됩니다."로 고쳐야 한다. 아울러 꾸밈말이 꾸미고자 하는 말과 제대로 호응하는지도 살펴서 고친다. 관형사는 명사 앞에, 부사는 형용사 앞에 위치하는 것이 좋다.

4. 오 · 탈자, 맞춤법 확인하기

퇴고의 마지막 단계는 오 · 탈자 수정이다. 한글맞춤법에 따라 맞춤법이나 띄어쓰기, 문장부호 등도 바르게 써야 한다. 맞춤법에 맞게 글을 쓰기 위해서는 평소에 한글맞춤법에 관심을 두는 것이 중요하다. 맞춤법에 자신이 없으면 다양한 프로그램이나 어플리케이션의 도움을 받을 수 있다. 각종 포털사이트 맞춤법 검사기, 한글 프로그램 맞춤법 검사기 등이 있다. 다만 이런 프로그램이나 한글맞춤법 검사기는 컴퓨터 알고리즘으로 문장과 단어를 검사하므로 완벽하지 않다. 100% 신뢰하지 말고 여러 방법으로 검증하는 것이 좋다.

부록: 실전 쓰기 주제들

유년기

1. 나의 태몽은 누가 꾸셨는가? 태어난 곳은? 생년월일은? 본적은?

2. 부모님과 가장 행복했던 기억은? 함께 놀아주고, 함께 참석했던 행사는?

3. 부모님이 꾸지람하셨던 기억은? 매를 맞았다면 그 이유는?

4. 어린 시절에 살았던 집, 집주변의 특징은? (농촌? 어촌? 산촌? 도시?)

5. 어린 시절 가장 좋아했던 장소는? 마음을 편안하게 해 주던 장소? 자주 놀던 곳은?

6. 어려서 이사는 몇 번이나 했나? 이사 간 지역의 특성들은?

초등학교 시절

1. 조부모님에 대한 기억은?

2. 학교 선생님 중 기억나는 분은?

3. 거짓말을 하고 혼난 적은?

4. 어린 시절 좋아했던 동물과 식물은?

5. 어릴 때 철없이 행동했던 기억은?

6. 어릴 때 나만의 고집, 근기, 근성은?

7. 어릴 때 하고 싶었지만 할 수 없었던 일은?

청·소년기 1

1. 호기심이 발동했던 적은?

2. 가장 기억에 남는 목격담은?

3. 두려움을 느꼈던 일은?

4. 가장 성적이 좋았던 때는?

5. 가장 잘하고, 싫어하던 과목은?(왜)

6. 나의 꿈은 무엇이었나?

7. 꿈을 위해 어떻게 노력했나?

8. 등·하교 시 기억나는 사건들은?

청소년기 2

1. 청소년기에 가장 친했던 친구와의 추억은?

2. 청소년기 친구들의 특징은?

3. 가장 친했던 친구는?

4. 잊을 수 없는 추억은?

5. 이성 간의 추억은?

6. 집을 떠나고 싶었던 일이 있었나?

7. 정신적 충격을 받은 적은?

8. 미래를 고민한 적은?

9. 나의 정체성을 생각한 적은?

청년기 1

1. 학창 시절 잊지 못할 선생님은?

2. 청소년기에 좋아한 운동, 음악은?

3. 건강은 어느 정도였나?

4. 다룰 수 있는 악기는?

5. 청소년기 가출한 적이 있는가?

6. 가출 충동을 느낀 적이 있는가?

7. 청년기 승리감을 느낀 적은?

8. 청년기 좌절감을 느낀 적은?

청년기 2

1. 군 제대 시 감정과 각오는?

2. 장가가고, 시집가기 전의 생각은?

3. 나의 연애 체험기는?

4. 나의 이상형은?

5. 나의 종교 활동은?

6. 나의 결혼 이야기는?

7. 결혼 후 첫 출산의 느낌은?

8. 결혼 후 부부싸움 이야기

첫 직업은?

1. 상사와의 관계는?

2. 직장동료와의 이야기는?

3. 부모님과의 이야기들(효도, 후회, 이별 등)

결혼 이후

1. 자녀가 아팠던 기억은?

2. 자녀와 행복, 미안했던 것은?

3. 나의 전성기는?

4. 집을 장만했을 때의 느낌

5. 내 인생의 실수했던 일은?

6. 나에게 가장 의미 있는 사람은?

7. 건강상의 문제가 있었다면

8. 직장 퇴직 후 여러 이야기는?(극복, 고민 등)

중·장년기 이후

1. 중년의 위기나 스트레스를 극복한 사례는?

2. 중년기에 꾸준히 했던 운동은?

3. 중년기의 투병 생활을 한 적은?

4. 섬김과 나눔, 봉사 활동을 통해 내게 준 기쁨, 보람 등은?

5. 가장 좋아하는 취미, 즐기는 것은?

6. 은퇴 후 많이 달라진 것은?

7. 남은 세월 동안 하고 싶은 것(일)은?

8. 고독을 느낄 때 어떻게 하는가?

9. 젊은 시절로 돌아간다면 하고 싶은 것은

해결하지 못한 무엇이 있는가?

1. 용서나 화해를 하고 싶지만 하지 못한 적이 있는가?

2. 죽기 전에 남기고 싶은 말(것)은?

참고 문헌

《자서전 쓰기로 찾는 행복》, 민경호, 2014.

《내 인생 이야기 자서전 쓰기》, 조성일, 2017.

《모닝페이지로 자서전 쓰기》, 송숙희, 2009

《삶을 기록하라, S-TEAM》, S-TEAM, 2017